DIE SCHÖNSTEN GESCHICHTEN FÜR DEN WEIHNACHTSABEND

Der Weihnachtsabend kann ganz unterschiedlich begangen werden: klassisch mit Tannenbaum, Lichtern, Plätzchen und Familie, in bescheidener Armut, versunken in Erinnerungen, voller tiefer Einsichten oder überraschender Wunder.

Ob die märchenhafte Wandlung von Oscar Wildes *Sternenkind*, die Gewissensnöte des Mörders *Markheim* von Robert Louis Stevenson, die Rettung der Räuberfamilie in Selma Lagerlöfs *Legende von der Christrose* oder der frohe und doch wehmütige Weihnachtsabend *Unter dem Tannenbaum* von Theodor Storm – in neun Geschichten bringen uns große Stimmen der Weltliteratur den Zauber von Weihnachten nahe.

Die schönsten Geschichten für den Weihnachtsabend

Reclam

Inhalt

Hans Christian Andersen
Der Tannenbaum 7

Hans Fallada
Lüttenweihnachten 17

Selma Lagerlöf
Die Legende von der Christrose 23

Robert Louis Stevenson
Markheim 41

Emmy Ball-Hennings
König Salomos Zepter und die Krone der Königin von Saba 65

Wolfgang Borchert
Die drei dunklen Könige 86

Joseph Viktor Widmann
Öhmchens Weihnachtsbaum 89

Oscar Wilde
Das Sternenkind 98

Theodor Storm
Unter dem Tannenbaum 117

Verzeichnis der Autorinnen und Autoren,
Texte und Druckvorlagen 142

Hans Christian Andersen

Der Tannenbaum

Draußen im Walde stand so ein niedlicher Tannenbaum; der hatte einen guten Platz, Sonne bekam er, Luft gab's genug, und ringsum wuchsen viele größere Kameraden, Tannen und Fichten; aber der kleine Tannenbaum war ganz versessen aufs Wachsen; der dachte nicht an die warme Sonne und die frische Luft, er machte sich auch nichts aus den Bauerskindern, die vorbeigingen und plapperten, wenn sie unterwegs waren, um Erdbeeren und Himbeeren zu suchen; oft kamen sie mit einem ganzen Krug voll, oder sie hatten Erdbeeren auf Strohhalme gezogen, dann setzten sie sich zu dem kleinen Baum und sagten: »Nein! Wie ist der niedlich klein!« Das wollte der Baum absolut nicht hören.

Im Jahr darauf war er einen ganzen Schössling größer; und wieder ein Jahr darauf war er um noch einen länger; denn bei einem Tannenbaum kann man immer an der Zahl seiner Glieder sehen, wie viele Jahre er gewachsen ist.

»O wär ich doch so ein großer Baum wie die andern!«, seufzte der kleine Baum. »Dann könnte ich meine Zweige so nach allen Seiten ausbreiten und mit dem Wipfel in die weite Welt hinausschauen! Dann würden die Vögel ein Nest in meinen Zweigen bauen, und wenn der Wind weht, könnte ich genauso vornehm nicken wie die andern da!«

Er hatte nicht die geringste Freude am Sonnenschein, an den Vögeln oder an den roten Wolken, die morgens und abends über ihn dahinsegelten.

War es nun Winter, und ringsum lag glitzernd weiß der Schnee, dann kam oft ein Hase angesprungen und hüpfte geradewegs über den kleinen Baum hinüber – oh, das war so ärgerlich! –, aber zwei Winter vergingen, und im dritten war der Baum so groß, dass der Hase um ihn herumlaufen musste.

›O wachsen, wachsen, groß und alt werden, das ist doch das einzig Schöne in dieser Welt‹, dachte der Baum.

Im Herbst kamen immer die Holzfäller und fällten ein paar von den größten Bäumen, das passierte jedes Jahr, und der junge Tannenbaum, der nun schon ganz gut herangewachsen war, zitterte dabei, denn die großen, prächtigen Bäume stürzten mit Knacken und Krachen zur Erde; die Äste wurden abgehauen, ganz nackt, lang und dünn sahen sie aus; sie waren kaum wiederzuerkennen, aber dann wurden sie auf Karren gelegt, und Pferde zogen sie aus dem Walde fort.

Wo kamen die hin? Was stand ihnen bevor? Im Frühling, als Schwalbe und Storch kamen, fragte der Baum sie: »Wisst ihr nicht, wo die hingebracht worden sind? Habt ihr sie nicht getroffen?«

Die Schwalben hatten keine Ahnung, aber der Storch sah bedenklich drein, nickte und sagte: »Tja, ich glaube schon! Als ich nach Ägypten flog, bin ich vielen neuen Schiffen begegnet; auf den Schiffen standen prächtige Mastbäume, ich nehme an, das waren sie, sie rochen nach Tanne; ich kann ihnen ja viele Grüße ausrichten, die ragen hoch hinauf, hoch hinauf.«

»O wär ich doch auch groß genug, um übers Meer dahinzufliegen! Wie ist das überhaupt so, dieses Meer, und womit kann man es vergleichen?«

»Ja, das ist so weitläufig zu erklären«, sagte der Storch, und dann ging er.

»Freu dich an deiner Jugend!«, sagten die Sonnenstrahlen. »Freu dich an deinem frischen Wachstum, an dem jungen Leben, das in dir ist!«

Und der Wind küsste den Baum, und der Tau vergoss Tränen über ihn, aber das verstand der Tannenbaum nicht.

Wenn es auf Weihnachten zuging, dann wurden ganz junge Bäume gefällt, Bäume, die nicht einmal so groß und im selben Alter waren wie der Tannenbaum, der keine Rast und Ruh hatte, sondern immer nur wegwollte; diese jungen Bäume, und das waren ausgerechnet die allerhübschesten, behielten immer ihre Zweige, sie wurden auf Karren gelegt, und Pferde zogen sie aus dem Wald.

»Wo kommen die hin?«, fragte der Tannenbaum. »Die sind nicht größer als ich, es war sogar einer dabei, der war viel kleiner; warum behalten sie alle ihre Zweige? Wo fahren die hin?«

»Wir wissen's! Wir wissen's!«, zwitscherten die Spatzen. »Wir haben unten in der Stadt durch die Scheiben geguckt! Wir wissen, wo die hinfahren! Oh, die kommen in den größten Glanz und alle Herrlichkeit, die man sich denken kann! Wir haben zu den Fenstern hineingeschaut und gesehen, dass sie mitten in die warme Stube gepflanzt und mit den schönsten Sachen geschmückt werden, vergoldeten Äpfeln, Honigkuchen, Spielzeug und vielen Hundert Kerzen!«

»Und dann –?«, fragte der Tannenbaum und zitterte in allen Zweigen. »Und dann? Was passiert dann?«

»Ja, mehr haben wir nicht gesehen! Aber das war unvergleichlich!«

»Ob ich geboren wurde, um diesen glanzvollen Weg zu gehen?«, jubelte der Baum. »Das ist doch besser, als übers Meer zu fahren! Wie ich leide vor Sehnsucht! Wenn es doch nur schon Weihnachten wäre! Nun bin ich groß und ausgestreckt, wie die andern, die im letzten Jahr weggebracht wurden! – O wär ich nur schon auf dem Karren! Wär ich doch drinnen in der warmen Stube mit all der Pracht und Herrlichkeit! Und danach –? Ja, da kommt noch etwas Besseres, noch Schöneres, warum sollen die mich sonst so schmücken! Da muss noch etwas Größeres kommen, noch herrlicher –! Aber was? Oh, ich leide! Ich hab solche Sehnsucht! Ich weiß selber nicht, was mit mir los ist!«

»Freu dich doch an mir!«, sagten die Luft und das Sonnenlicht. »Freu dich an deiner frischen Jugend draußen im Freien!«

Aber er freute sich kein bisschen; er wuchs und wuchs, winters und sommers war er grün; dunkelgrün stand er da; Leute, die ihn sahen, sagten: »Das ist ein schöner Baum!«, und zur

Weihnachtszeit wurde er als Erster von allen gefällt. Die Axt schlug ihm tief ins Mark, mit einem Seufzer fiel der Baum zur Erde, er empfand einen Schmerz, eine Ohnmacht, er konnte nicht im Geringsten an irgendein Glück denken, er war traurig, dass er nun von zu Hause getrennt werden sollte, von dem Fleck, wo er entsprossen war; er wusste ja, dass er die lieben alten Kameraden nie wiedersehen würde, die kleinen Büsche und Blumen ringsum, ja vielleicht nicht einmal die Vögel. Die Abreise war durchaus keine angenehme Sache.

Der Baum kam erst wieder zu sich, als er im Hof, abgeladen mit den anderen Bäumen, einen Mann sagen hörte: »Der da ist prächtig! Den brauchen wir und keinen andern!«

Nun kamen zwei Diener in vollem Ornat und trugen den Tannenbaum in einen großen, schönen Saal. Ringsum an den Wänden hingen Porträts, und an dem großen Fliesenkachelofen standen große chinesische Vasen mit Löwen auf dem Deckel; da standen Schaukelstühle, Seidensofas, große Tische voller Bilderbücher und mit Spielzeug für hundert mal hundert Reichstaler – das sagten jedenfalls die Kinder. Und der Tannenbaum wurde in einem großen, mit Sand gefüllten Kübel aufgestellt, aber niemand konnte sehen, dass es ein Kübel war, denn es wurde grüner Stoff herumdrapiert, und er stand auf einem großen bunten Teppich. O wie der Baum zitterte! Was würde nun bloß passieren? Diener und Fräulein kamen und schmückten ihn. An jeden Zweig hängten sie kleine Netze, die aus farbigem Papier ausgeschnitten waren; jedes Netz war mit Süßigkeiten gefüllt; vergoldete Äpfel und Walnüsse hingen da, als wären sie angewachsen, und über hundert rote, blaue und weiße Lichtchen wurden auf den Zweigen festgesteckt. Puppen, die so lebendig aussahen wie Menschen – der Baum hatte nie zuvor so etwas gesehen –, schwebten im Grün, und ganz hoch oben in den Wipfel wurde ein großer Stern aus Flittergold gesetzt; das war prächtig, ganz unvergleichlich prächtig.

»Heute Abend«, sagten alle, »heute Abend soll er glänzen!«

›Oh!‹, dachte der Baum. ›Wär es doch nur schon Abend! Wären nur die Lichter bald angezündet! Und was dann wohl passiert? Ob wohl Bäume aus dem Wald kommen, um mich anzusehen? Ob die Spatzen ans Fenster fliegen? Ob ich hier wohl festwachse und winters und sommers geschmückt bleibe?‹

O ja, er wusste genau Bescheid; aber er hatte richtig Borkenschmerzen vor lauter Sehnsucht, und Borkenschmerzen sind für einen Baum genauso schlimm wie Kopfschmerzen für uns.

Nun wurden die Lichter angezündet. Welch ein Glanz, welche Pracht! Der Baum zitterte dabei an allen Zweigen, so dass eins der Lichter das Grün in Brand setzte; das verkohlte ordentlich.

»Gott bewahre uns!«, schrien die Fräulein und löschten eilig.

Jetzt traute sich der Baum nicht einmal mehr zu zittern. Oh, das war ein Grauen! Ihm war so bange, dass er etwas von seiner Ausstaffierung verlieren könnte; er war ganz konfus in all dem Glanz, und nun gingen beide Flügeltüren auf, und eine Menge Kinder stürzten herein, als wollten sie den ganzen Baum umwerfen; die Älteren kamen bedächtig hinterdrein; die Kleinen standen ganz stumm – aber nur einen Augenblick, dann jubelten sie wieder so laut, dass es nachhallte; sie tanzten um den Baum herum, und ein Geschenk nach dem anderen wurde abgepflückt.

›Was tun die denn da?‹, dachte der Baum. ›Was passiert jetzt?‹ Und die Lichter brannten bis auf die Zweige herunter, und wie sie nach und nach herunterbrannten, wurden sie gelöscht, und dann durften die Kinder den Baum plündern. Oh, sie stürzten sich auf ihn, dass es in allen Zweigen knackte; wäre er nicht mit Spitze und Goldstern an der Decke festgebunden gewesen, dann wäre er umgestürzt.

Die Kinder tanzten mit ihrem herrlichen Spielzeug herum, niemand hatte Augen für den Baum, außer der alten Kinderfrau, die herumging und zwischen die Zweige lugte, aber das war nur, um zu sehen, ob nicht vielleicht doch eine Feige oder ein Apfel übersehen worden war.

»Eine Geschichte! Eine Geschichte!«, schrien die Kinder und zerrten einen kleinen dicken Mann zum Baum hin, und er setzte sich genau darunter. »Dann sind wir nämlich im Grünen«, sagte er, »und dem Baum wird es besonders guttun, wenn er mithört! Aber ich erzähle nur eine Geschichte. Wollt ihr die von ›Ivede-Avede‹ hören oder die von ›Klumpe-Dumpe-der-die-Treppe-hinunterfiel-und-doch-auf-den-Thron-kam-und-die-Prinzessin-kriegte‹?«

»›Ivede-Avede‹!«, schrien einige. »›Klumpe-Dumpe‹!«, schrien andere; es war ein Gebrüll und Geschrei, nur der Tannenbaum schwieg ganz still und dachte: ›Soll ich denn gar nicht dabei sein? Überhaupt nichts tun?‹ Aber er war ja dabei gewesen, hatte getan, was er tun sollte.

Und der Mann erzählte von »Klumpe-Dumpe-der-die-Treppe-hinunterfiel-und-doch-auf-den-Thron-kam-und-die-Prinzessin-kriegte«. Und die Kinder klatschten in die Hände und riefen: »Erzähl! Erzähl!« Sie wollten auch »Ivede-Avede« hören, aber sie bekamen nur das von »Klumpe-Dumpe«. Der Tannenbaum stand ganz still und gedankenvoll da, niemals hatten die Vögel im Walde so etwas erzählt. ›Klumpe-Dumpe fiel die Treppe hinunter und kriegte doch die Prinzessin! Jaja, so geht es zu in der Welt!‹, dachte der Tannenbaum und glaubte, es wäre alles wahr, weil es doch so ein netter Mann war, der erzählt hatte. ›Jaja! Wer weiß, wer weiß! Vielleicht fall ich auch die Treppe hinunter und kriege eine Prinzessin!‹ Und er freute sich auf den nächsten Tag, wo er wieder mit Lichtern und Spielzeug, Gold und Früchten eingekleidet werden würde.

›Morgen werd ich nicht mehr zittern!‹, dachte er. ›Ich will ganz froh und zufrieden sein in all meiner Herrlichkeit. Morgen werd ich wieder die Geschichte von Klumpe-Dumpe hören und vielleicht auch die von Ivede-Avede.‹ Und der Baum stand still und gedankenvoll da, die ganze Nacht.

Am Morgen kamen der Knecht und das Hausmädchen herein. ›Jetzt geht's wieder los mit dem Ausstaffieren!‹, dachte der

Baum, aber die schleppten ihn aus der Stube hinaus, die Treppe hoch, auf den Dachboden, und hier, in einem dunklen Winkel, in den kein Tageslicht fiel, stellten sie ihn ab. ›Was hat das zu bedeuten?‹, dachte der Baum. ›Was um alles in der Welt soll ich hier anfangen? Und was soll ich hier wohl zu hören kriegen?‹ Und er lehnte sich an die Mauer und dachte und dachte. – Und Zeit genug hatte er, denn es vergingen Tage und Nächte; niemand kam herauf, und als endlich jemand kam, da war es, um einige große Kisten in die Ecke zu stellen; der Baum stand ganz versteckt, man hätte meinen können, er wäre reinweg vergessen worden.

›Jetzt ist es da draußen Winter!‹, dachte der Baum. ›Die Erde ist hart und mit Schnee bedeckt, die Menschen könnten mich gar nicht einpflanzen; darum soll ich hier noch windgeschützt stehen, bis es Frühling wird! Wie aufmerksam das bedacht ist! Wie sind die Menschen doch gut! – Wenn es hier nur nicht so dunkel wäre und so furchtbar einsam! – Nicht einmal ein kleiner Hase! – Es war doch so nett da draußen im Wald, wenn Schnee lag, und der Hase sprang vorbei; ja, auch als er über mich wegsprang, aber das konnte ich damals nicht vertragen. Hier oben ist es doch schrecklich einsam!‹

»Pi, pi!«, sagte eine kleine Maus in diesem Moment und schlüpfte hervor, und dann kam noch eine kleine hinterdrein. Sie schnupperten am Tannenbaum und schlüpften zwischen den Zweigen hinauf.

»Was für eine scheußliche Kälte!«, sagten die kleinen Mäuse. »Sonst ist es eigentlich ganz wundervoll hier oben! Stimmt's, du alter Tannenbaum?«

»Ich bin überhaupt nicht alt!«, sagte der Tannenbaum. »Es gibt eine Menge, die sind viel älter als ich!«

»Wo kommst du her?«, fragten die Mäuse. »Und was weißt du?« Sie waren nun einmal so furchtbar neugierig. »Erzähl uns doch von dem schönsten Platz auf der Welt! Bist du da gewesen? Warst du jemals in der Speisekammer, wo die Käsestücke in den

Regalen liegen und die Schinken unter der Decke hängen, wo man auf Talglichtern tanzt und mager hineingeht und fett wieder herauskommt?«

»Das kenn ich nicht!«, sagte der Baum. »Aber den Wald kenn ich, wo die Sonne scheint und wo die Vögel singen!«, und dann erzählte er alles aus seiner Jugend, und die kleinen Mäuse hatten nie zuvor so etwas gehört, und sie hörten so aufmerksam zu und sagten: »Nein, was du alles gesehen hast! Wie glücklich bist du doch gewesen!«

»Ich!«, sagte der Tannenbaum und dachte über das nach, was er selber erzählte. »Ja, das waren, im Grunde, ganz lustige Zeiten!« – aber dann erzählte er vom Weihnachtsabend, als er mit Kuchen und Lichtern geschmückt war.

»Oh!«, sagten die kleinen Mäuse. »Wie glücklich bist du doch gewesen, du alter Tannenbaum!«

»Ich bin überhaupt nicht alt!«, sagte der Baum. »Es war doch erst in diesem Winter, dass ich aus dem Wald gekommen bin! Ich bin im allerbesten Alter, ich bin nur von etwas gesetztem Wuchs!«

»Wie schön du erzählen kannst!«, sagten die kleinen Mäuse, und in der nächsten Nacht brachten sie vier andere Mäuschen mit, die sollten auch hören, wie der Baum erzählte, und je mehr er erzählte, desto deutlicher erinnerte er sich selbst an alles und fand: »Das waren doch ganz lustige Zeiten! Aber die können auch wiederkommen, die können auch wiederkommen! Klumpe-Dumpe fiel die Treppe hinunter und kriegte doch die Prinzessin, vielleicht kann ich auch eine Prinzessin kriegen«, und dann dachte der Tannenbaum an so ein niedliches kleines Birkenbäumchen, das draußen im Walde wuchs, das war für den Tannenbaum eine wirkliche wunderschöne Prinzessin.

»Wer ist denn Klumpe-Dumpe?«, fragten die kleinen Mäuse. Und dann erzählte der Tannenbaum das ganze Märchen, er erinnerte sich noch an jedes einzelne Wort; und die kleinen Mäuse wären ihm beinahe bis in den Wipfel gehüpft, vor lauter Vergnügen. In der nächsten Nacht kamen noch viel mehr Mäuse, und am Sonntag sogar zwei Ratten; aber die sagten, die Geschichte wäre nicht lustig, und das betrübte die kleinen Mäuse, denn nun fanden sie sie auch nicht mehr so gut.

»Können Sie nur diese eine Geschichte?«, fragten die Ratten.

»Nur diese eine!«, antwortete der Baum. »Ich hörte sie an meinem glücklichsten Abend, aber damals dachte ich nicht daran, wie glücklich ich war!«

»Das ist eine über alle Maßen schlechte Geschichte! Können Sie nichts mit Speck oder Talglicht? Keine Speisekammergeschichten?«

»Nein!«, sagte der Tannenbaum.

»Ja, dann haben Sie vielen Dank!«, antworteten die Ratten und gingen nach Haus.

Zuletzt blieben auch die kleinen Mäuse weg, und da seufzte der Baum: »Das war doch ganz hübsch, wie die so um mich herum saßen, die emsigen Mäuschen, und hörten, was ich erzählte! Nun ist auch das vorbei! – Aber ich will daran denken, dass ich mich freue, wenn ich nun wieder hervorgeholt werde!«

Aber wann geschah das? – Ja! Es war eines Morgens, da kamen allerlei Leute und rumorten auf dem Dachboden herum; die Kisten wurden beiseitegeschoben, der Baum wurde hervorgezogen; sie warfen ihn zwar ein bisschen hart zu Boden, aber sogleich schleppte ein Knecht ihn zur Treppe, wo das Tageslicht schien.

»Jetzt fängt das Leben wieder an!«, dachte der Baum; er fühlte die frische Luft, den ersten Sonnenstrahl – und jetzt war er draußen im Hof. Alles ging so geschwind, der Baum vergaß völlig, sich selbst zu beobachten, es gab ringsum so viel zu sehen. Der Hof grenzte an einen Garten, und darin stand alles in Blüte; die Rosen hingen so frisch und duftend übers Staket, die Linden blühten, und die Schwalben flogen umher und sagten »Quirrewirre-witt, mein Mann ist da!«, aber es war nicht der Tannenbaum, den sie meinten.

»Jetzt werde ich leben!«, jubelte er und breitete seine Zweige weit aus; ach, sie waren alle welk und gelb; er lag in einer Ecke zwischen Unkraut und Brennnesseln. Der Goldpapier-Stern saß noch immer oben in der Spitze und glitzerte im hellen Sonnenschein.

Im Hof selbst spielten ein paar von den lustigen Kindern, die zur Weihnachtszeit um den Baum getanzt waren und sich so an ihm gefreut hatten. Eins von den kleinsten sauste herüber und riss den Goldstern ab.

»Seht nur, was da noch an dem ekligen alten Weihnachtsbaum hängt!«, sagte es und trampelte auf den Zweigen herum, dass es unter seinen Stiefeln knackte.

Und der Baum sah all die Blütenpracht und Frische im Garten an, er sah sich selber an, und er wünschte, er wäre in seinem dunklen Winkel auf dem Dachboden geblieben; er dachte an seine frische Jugend im Walde, an den lustigen Weihnachtsabend und an die kleinen Mäuse, die sich so froh die Geschichte von »Klumpe-Dumpe« angehört hatten.

»Vorbei! Vorbei!«, sagte der arme Baum. »Hätte ich mich doch gefreut, als ich es noch konnte! Vorbei! Vorbei!«

Und der Hausknecht kam und schlug den Baum in kleine Stücke, ein ganzes Bündel lag da; das prasselte herrlich unter dem großen Braukessel; und er seufzte so tief, jedes Seufzen war wie ein kleiner Schuss; darum kamen die Kinder, die draußen spielten, hereingelaufen und setzten sich vor das Feuer, sahen hinein und schrien: »Piff! Paff!«, aber bei jedem Knall, der ein tiefer Seufzer war, dachte der Baum an einen Sommertag im Walde, eine Winternacht da draußen, wenn die Sterne schimmerten; er dachte an den Weihnachtsabend und Klumpe-Dumpe, das einzige Märchen, das er gehört hatte und zu erzählen verstand –, und dann war der Baum ausgebrannt.

Die Kinder spielten im Hof, und das kleinste hatte den Goldstern auf der Brust, den der Baum an seinem glücklichsten Abend getragen hatte; jetzt war das vorbei, und der Baum war vorbei und die Geschichte auch; vorbei, vorbei, und das sind einmal alle Geschichten.

Hans Fallada

Lüttenweihnachten

»Tüchtig neblig heute«, sagte am 20. Dezember der Bauer Gierke ziellos über den Frühstückstisch hin. Es war eigentlich eine ziemlich sinnlose Bemerkung, jeder wusste auch so, dass Nebel war, denn der Leuchtturm von Arkona heulte schon die ganze Nacht mit seinem Nebelhorn wie ein Gespenst, das das Ängsten kriegt.

Wenn der Vater die Bemerkung trotzdem machte, so konnte sie nur eines bedeuten. »Neblig –?«, fragte gedehnt sein dreizehnjähriger Sohn Friedrich.

»Verlauf dich bloß nicht auf deinem Schulwege«, sagte Gierke und lachte.

Und nun wusste Friedrich genug, und auf seinem Zimmer steckte er schnell die Schulbücher aus dem Ranzen in die Kommode, lief in den Stellmacherschuppen und »borgte« sich eine kleine Axt und eine Handsäge. Dabei überlegte er: Den Franz von Gäbels nehm ich nicht mit, der kriegt Angst vor dem Rotvoß. Aber Schöns Alwert und Frieda Benthin. Also los!

Wenn es für die Menschen Weihnachten gibt, so muss es das Fest auch für die Tiere geben. Wenn für uns ein Baum brennt, warum nicht für Pferde und Kühe, die doch das ganze Jahr unsere Gefährten sind? In Baumgarten jedenfalls feiern die Kinder vor dem Weihnachtsfest Lüttenweihnachten für die Tiere, und dass es ein verbotenes Fest ist, von dem der Lehrer Beckmann nichts wissen darf, erhöht seinen Reiz. Nun hat der Lehrer Beckmann nicht nur körperlich einen Buckel, sondern er kann auch sehr bösartig werden, wenn seine Schüler etwas tun, was sie nicht sollen. Darum ist Vaters Wink mit dem nebligen Tag eine Sicherheit, dass das Schulschwänzen heute jedenfalls von ihm nicht allzu tragisch genommen wird.

Schule aber muss geschwänzt werden, denn wo bekommt man einen Weihnachtsbaum her? Den muss man aus dem

Staatsforst an der See oben stehlen, das gehört zu Lüttenweihnachten. Und weil man beim Stehlen erwischt werden kann und weil der Förster Rotvoß ein schlimmer Mann ist, darum muss der Tag neblig sein, sonst ist es zu gefährlich. Wie Rotvoß wirklich heißt, das wissen die Kinder nicht, aber er ist der Förster und hat einen fuchsroten Vollbart, darum heißt er Rotvoß.

Von ihm reden sie, als sie alle drei etwas aufgeregt über die Feldraine der See entgegen laufen. Schöns Alwert weiß von einem Knecht, den hat Rotvoß an einen Baum gebunden und so lange mit der gestohlenen Fichte geschlagen, bis keine Nadeln mehr daran saßen. Und Frieda weiß bestimmt, dass er zwei Mädchen einen ganzen Tag lang im Holzschauer eingesperrt hat, erst als Heiligenabend vorbei war, ließ er sie wieder laufen. – Sicher ist, sie gehen zu einem großen Abenteuer, und dass der Nebel so dick ist, dass man keine drei Meter weit sehen kann, macht alles noch viel geheimnisvoller. Zuerst ist es ja sehr einfach: Die Raine auf der Baumgartener Feldmark kennen sie – das ist Rothspracks Winterweizen, und dies ist die Lehmkuhle, aus der Müller Timm sein Vieh sommers tränkt.

Aber sie laufen weiter, immer weiter, sieben Kilometer sind es gut bis an die See, und nun fragt es sich, ob sie sich auch nicht verlaufen im Nebel. Da ist nun dieser Leuchtturm von Arkona, er heult mit seiner Sirene, dass es ein Grausen ist, aber es ist so seltsam, genau kriegt man nicht weg, von wo er heult. Manchmal bleiben sie stehen und lauschen. Sie beraten lange, und wie sie weitergehen, fassen sie sich an den Händen, die Frieda in der Mitte. Das Land ist so seltsam still, wenn sie dicht an einer Weide vorbeikommen, verliert sie sich nach oben ganz in Rauch. Es tropft sachte von ihren Ästen, tausend Tropfen sitzen überall, nein, die See kann man noch nicht hören. Vielleicht ist sie ganz glatt, man weiß es nicht, heute ist Windstille.

Plötzlich bellt ein Hund in der Nähe, sie stehen still, und als sie dann zehn Schritte weitergehen, stoßen sie an eine Scheunenwand. Wo sie hingeraten sind, machen sie aus, als sie um die

Ecke spähen. Das ist Nagels Hof, sie erkennen ihn an den bunten Glaskugeln im Garten.

Sie sind zu weit rechts, sie laufen direkt auf den Leuchtturm zu, und dahin dürfen sie nicht, da ist kein Wald, da ist nur die steile, kahle Kreideküste. Sie stehen noch eine Weile vor dem Haus, auf dem Hof klappert einer mit Eimern, und ein Knecht pfeift im Stall: Es ist so heimlich! Kein Mensch kann sie sehen, das große Haus vor ihnen ist ja nur wie ein Schattenriss.

Sie laufen weiter, immer nach links, denn nun müssen sie auch vermeiden, zum alten Schulhaus zu kommen – das wäre so schlimm! Das alte Schulhaus ist gar kein Schulhaus mehr, was soll hier in der Gegend ein Schulhaus, wo keine Menschen leben – nur die paar weit verstreuten Höfe ... Das Schulhaus besteht nur aus runtergebrannten Grundmauern, längst verwachsen, verfallen, aber im Sommer blüht hier herrlicher Flieder. Nur, dass ihn keiner pflückt. Denn dies ist ein böser Platz, der letzte Schullehrer hat das Haus abgebrannt und sich aufgehängt. Friedrich Gierke will es nicht wahrhaben, sein Vater hat gesagt, das ist Quatsch, ein Altenteilhaus ist es mal gewesen. Und es ist gar nicht abgebrannt, sondern es hat leergestanden, bis es verfiel. Darüber geraten die Kinder in großen Streit.

Ja, und das nächste, dem sie nun begegnen, ist gerade dies alte Haus. Mitten in ihrer Streiterei laufen sie gerade darauf zu! Ein Wunder ist es in diesem Nebel. Die Jungen können's nicht lassen, drinnen ein bisschen zu stöbern, sie suchen etwas Verbranntes. Frieda steht abseits auf dem Feldrain und lockt mit ihrer hellen Stimme. Ganz nah, wie schräg über ihnen, heult der Turm, es ist so schlimm anzuhören. Es setzt so langsam ein und schwillt und schwillt, und man denkt, der Ton kann gar nicht mehr voller werden, aber er nimmt immer mehr zu, bis das Herz sich ängstigt und der Atem nicht mehr will: »Man darf nicht so hinhören ...«

Jetzt sind es höchstens noch zwanzig Minuten bis zum Wald. Alwert weiß sogar, was sie hier finden: erst einen Streifen hoher

Kiefern, dann Fichten, große und kleine, eine ganze Wildnis, gerade, was sie brauchen, und dann kommen die Dünen und dann die See. Ja, nun beraten sie, während sie über einen Sturzacker wandern: erst der Baum oder erst die See? Klüger ist es, erst an die See, denn wenn sie mit dem Baum länger umherlaufen, kann sie Rotvoß doch erwischen, trotz des Nebels. Sind sie ohne Baum, kann er ihnen nichts sagen, obwohl er zu fragen fertigbringt, was Friedrich in seinem Ranzen hat. Also erst See, dann Baum.

Plötzlich sind sie im Wald. Erst dachten sie, es sei nur ein Grasstreifen hinter dem Sturzacker, und dann waren sie schon zwischen den Bäumen, und die standen enger und enger. Richtung? Ja, nun hört man *doch* das Meer, es donnert nicht gerade, aber gestern ist Wind gewesen, es wird eine starke Dünung sein, auf die sie zulaufen.

Und nun seht, das ist nun doch der richtige Baum, den sie brauchen, eine Fichte, eben gewachsen, unten breit, ein Ast wie der andere, jedes Ende gesund – und oben so schlank, eine Spitze so hell, in diesem Jahre getrieben. Kein Gedanke, diesen Baum stehenzulassen, so einen finden sie nie wieder. Ach, sie sägen ihn ruchlos ab, sie bekommen ein schönes Lüttenweihnachten, das herrlichste im Dorf, und Posten stellen sie auch nicht aus. Warum soll Rotvoß grade hierher kommen? Der Waldstreifen ist über zwanzig Kilometer lang. Sie binden die Äste schön an den Stamm, und dann essen sie ihr Brot, und dann laden sie den Baum auf, und dann laufen sie weiter zum Meer.

Zum Meer muss man doch, wenn man ein Küstenmensch ist, selbst mit solchem Baum. Anderes Meer haben sie näher am Hof, aber das sind nur Bodden und Wieks. Dies hier ist richtiges Außenmeer, hier kommen die Wellen von weit her, von Finnland oder von Schweden oder auch von Dänemark. Richtige Wellen …

Also, sie laufen aus dem Wald über die Dünen.

Und nun stehen sie still.

Nein, das ist nicht mehr die Brandung allein, das ist ein seltsamer Laut, ein wehklagendes Schreien, ein endloses Flehen, tausendstimmig. Was ist es? Sie stehen und lauschen.

»Jung, Manning, das sind Gespenster!«

»Das sind die Ertrunkenen, die man nicht begraben hat.«

»Kommt, schnell nach Haus!«

Und darüber heult die Nebelsirene.

Seht, es sind kleine Menschentiere, Bauernkinder, voll von Spuk und Aberglauben, zu Haus wird noch besprochen, da wird gehext und blau gefärbt. Aber sie sind kleine Menschen, sie laden ihren Baum wieder auf und waten doch durch den Dünensand dem klagenden Geschrei entgegen, bis sie auf der letzten Höhe stehen, und –

Und was sie sehen, ist ein Stück Strand, ein Stück Meer. Hier über dem Wasser weht es ein wenig, der Nebel zieht in Fetzen, schließt sich, öffnet den Ausblick. Und sie sehen die Wellen, grüngrau, wie sie umstürzen, weiß schäumend draußen auf der äußersten Sandbank, näher tobend, brausend. Und sie sehen den Strand, mit Blöcken besät, und dazwischen lebt es, dazwischen schreit es, dazwischen watschelt es in Scharen …

»Die Wildgänse!«, sagen die Kinder. »Die Wildgänse –!«

Sie haben nur davon gehört, sie haben es noch nie gesehen, aber nun sehen sie es. Das sind die Gänsescharen, die zum offenen Wasser ziehen, die hier an der Küste Station machen, eine Nacht oder drei, um dann weiterzuziehen, nach Polen oder wer weiß wohin, Vater weiß es auch nicht. Da sind sie, die großen, wilden Vögel, und sie schreien, und das Meer ist da und der Wind und der Nebel, und der Leuchtturm von Arkona heult, und die Kinder stehen da mit ihrem gemausten Tannenbaum und starren und lauschen und trinken es in sich ein –

Und plötzlich sehen sie noch etwas, und magisch verführt, gehen sie dem Wunder näher. Abseits, zwischen den hohen Steinblöcken, da steht ein Baum, eine Fichte wie die ihre, nur viel, viel höher, und sie ist besteckt mit Lichtern, und die Lichter flackern im leichten Windzug …

»Lüttenweihnachten«, flüstern die Kinder. »Lüttenweihnachten für die Wildgänse ...«

Immer näher kommen sie, leise gehen sie, auf den Zehen – oh, dieses Wunder! –, und um den Felsblock biegen sie. Da ist der Baum vor ihnen in all seiner Pracht, und neben ihm steht ein Mann, die Büchse über der Schulter, ein roter Vollbart ...

»Ihr Schweinekerls!«, sagt der Förster, als er die drei mit der Fichte sieht.

Und dann schweigt er. Und auch die Kinder sagen nichts. Sie stehen und starren. Es sind kleine Bauerngesichter, sommersprossig, selbst jetzt im Winter, mit derben Nasen und einem festen Kinn, es sind Augen, die was in sich reinsehen. Immerhin, denkt der Förster, haben sie mich auch erwischt beim Lüttenweihnachten. Und der Pastor sagt, es sind Heidentücken. Aber was soll man denn machen, wenn die Gänse so schreien und der Nebel so dick ist, und die Welt so eng und so weit und Weihnachten vor der Tür ... Was soll man da machen ...

Man soll einen Vertrag machen auf ewiges Stillschweigen, und die Kinder wissen ja nun, dass der gefürchtete Rotvoß nicht so schlimm ist, wie sich die Leute erzählen ...

Ja, da stehen sie nun: ein Mann, zwei Jungen, ein Mädel. Die Kerzen flackern am Baum, und ab und zu geht auch eine aus. Die Gänse schreien, und das Meer braust und rauscht. Die Sirene heult. Da stehen sie, es ist eine Art Versöhnungsfest, sogar auf die Tiere erstreckt, es ist Lüttenweihnachten. Man kann es feiern, wo man will, am Strande auch, und die Kinder werden es nachher in ihres Vaters Stall noch einmal feiern.

Und schließlich kann man hingehen und danach handeln. Die Kinder sind imstande und bringen es fertig, die Tiere nicht unnötig zu quälen und ein bisschen nett zu ihnen zu sein. Zuzutrauen ist ihnen das.

Das Ganze aber heißt Lüttenweihnachten und ist ein verbotenes Fest, der Lehrer Beckmann wird es ihnen morgen schon zeigen!

Selma Lagerlöf

Die Legende von der Christrose

Die Räubermutter, die in der Räuberhöhle oben im Göingewald lebte, war eines Tages auf Bettelfahrt unten in der Ebene losgezogen. Der Räubervater selbst war vogelfrei und traute sich nicht, den Wald zu verlassen, er begnügte sich damit, aus dem Hinterhalt Reisende zu überfallen, die sich in das Waldgebiet wagten. Doch zu der Zeit gab es nicht viele Reisende im nördlichen Schonen. Wenn der Mann also mehrere Wochen lang kein Glück bei seiner Jagd gehabt hatte, machte sich die Ehefrau auf den Weg. Sie hatte ihre fünf Kinder bei sich, und jedes Kind trug zerrissene Lederkleider und Rindenschuhe und auf dem Rücken einen Sack, der genauso groß war wie der Knirps selbst. Sobald sie ein Haus betrat, traute sich niemand, ihr das vorzuenthalten, was sie haben wollte, denn sie scheute sich nicht, in der nächsten Nacht zurückzukehren und Feuer zu legen, wenn sie nicht gut genug empfangen worden war. Die Räubermutter und ihre Kinder waren schlimmer als ein Wolfsrudel, und viele hätten nicht übel Lust gehabt, sie aufzuspießen, doch dazu kam es nie, weil man wusste, dass der Alte noch oben im Wald hauste, und er wüsste schon, wie man sich rächt, wenn seinen Kindern und seiner Frau etwas zugestoßen wäre.

Als nun die Räubermutter bettelnd von Hof zu Hof ging, kam sie eines schönen Tages nach Öved, wo zu der Zeit ein Kloster lag. Sie klingelte an der Klosterpforte und begehrte etwas zu essen, und die Torwache öffnete eine kleine Luke im Tor und reichte ihr sechs runde Brote, eines für sie und eines für jedes ihrer Kinder.

Während die Mutter ruhig am Tor wartete, liefen die Kinder umher. Und nach einer Weile kam einer der Jungen zu ihr und zupfte an ihrem Kleid als Zeichen, dass er etwas gefunden hatte und sie kommen und es anschauen sollte, und die Räubermutter ging sofort mit ihm.

Das ganze Kloster war von einer hohen, dicken Mauer umgeben, doch der Junge hatte trotz allem eine kleine Hinterpforte gefunden, die nur angelehnt war. Als die Räubermutter dort ankam, schob sie augenblicklich das Türchen auf und trat, ohne um Erlaubnis zu fragen, ein, so wie sie es immer tat.

Öveds Kloster wurde zu der Zeit von Abt Hans geleitet, einem kräuterkundigen Mann. Er hatte innerhalb der Klostermauern einen kleinen Kräutergarten angelegt, und in diesen drang die Räubermutter nun ein.

Beim ersten Anblick war die Räubermutter derart erstaunt, dass sie am Eingang stehenblieb. Es war Hochsommer, und Abt Hans' Kräutergarten stand so voll in Blüte, dass es vor Blau, Rot und Gelb nur so funkelte, wenn man ihn betrachtete. Doch bald breitete sich ein zufriedenes Lächeln auf ihrem Gesicht aus, und sie lief einen schmalen Gang zwischen vielen kleinen Blumenbeeten entlang.

Im Garten lief ein Laienbruder umher und zupfte Unkraut. Er war es gewesen, der die Pforte in der Mauer hatte halb offen stehen lassen, um Melde und Quecke auf den Abfallhaufen draußen zu werfen. Als er die Räubermutter mit ihren fünf Kindern im Schlepptau im Kräutergarten entdeckte, lief er sofort zu ihnen und befahl ihnen, sich zu trollen. Doch die Alte ging weiter zielstrebig geradeaus. In alle Richtungen warf sie Blicke, schaute mal auf die steifen weißen Lilien, die sich auf einem Beet ausbreiteten, mal auf das Efeu, das die Klostermauern hochkletterte, und kümmerte sich nicht im Geringsten um den Laienbruder.

Der Laienbruder nahm an, dass sie ihn nicht verstanden hatte. Er wollte sie am Arm packen, um sie Richtung Ausgang zu drehen, doch als die Räubermutter seine Absicht erkannte, warf sie ihm einen Blick zu, der ihn mehrere Schritte zurückweichen ließ. Bisher war sie gebückt gelaufen, von dem Bettlersack nach unten gedrückt, doch jetzt richtete sie sich zu voller Größe auf.

»Ich bin die Räubermutter aus dem Göingewald«, sagte sie. »Fass mich an, wenn du dich traust!« Und es war offensichtlich, dass sie, als sie das sagte, ebenso sicher war, in Ruhe ihren Weg fortsetzen zu können, als wenn sie erklärt hätte, sie sei die Königin von Dänemark.

Doch der Laienbruder wagte es dennoch, sie aufzuhalten, auch wenn er jetzt, nachdem er erfahren hatte, wer sie war, vorsichtiger mit ihr sprach.

»Du musst wissen«, sagte er, »das hier ist ein Mönchskloster, und keiner Frau im ganzen Land ist es erlaubt, ins Innere der Mauern zu treten. Wenn du nicht deines Weges gehst, dann werden die Mönche wütend auf mich werden, weil ich vergessen habe, die Tür zu verschließen, und sie werden mich möglicherweise aus dem Kräutergarten und dem Kloster werfen.«

Doch solches Flehen war vergebliche Liebesmühe bei der Räubermutter. Sie ging weiter entlang des kleinen Rosenquadrats und betrachtete den Ysop mit seinen violetten Blüten und das Geißblatt, das voll mit gelbroten Blütenquasten hing.

Da wusste der Laienbruder keinen Rat mehr, er lief ins Kloster und holte Hilfe.

Er kam zurück mit zwei kräftigen Mönchen, und die Räubermutter erkannte sofort, dass es jetzt ernst wurde. Sie stellte sich breitbeinig auf den Weg und schrie mit schriller Stimme, welch schreckliche Rache sie an dem Kloster nehmen werde, wenn man ihr nicht erlaube, so lange in dem Kräutergarten zu bleiben, wie sie wollte. Doch die Mönche schienen sie nicht zu fürchten und dachten nur daran, sie schnellstmöglich zu vertreiben. Da stieß die Räubermutter schrille Schreie aus, warf sich auf sie und kratzte und biss, und ihre Kinder taten es ihr gleich.

Die drei Männer erkannten bald, dass sie ihnen überlegen war. Es blieb ihnen nichts anderes übrig, als ins Kloster zurückzugehen und Verstärkung zu holen.

Als sie den Gang entlangliefen, der ins Kloster führte, begegneten sie Abt Hans, der herbeigeeilt war, um zu erfahren, was das für ein Lärm war, der aus dem Kräutergarten kam. Sie mussten zugeben, dass die Räubermutter aus dem Göingewald ins Kloster eingedrungen war und dass sie nicht allein imstande gewesen waren, sie wieder zu vertreiben, sondern dafür Verstärkung brauchten.

Doch Abt Hans warf ihnen vor, Gewalt angewandt zu haben, und verbot ihnen, weitere Hilfe zu holen. Er schickte die beiden Mönche zurück an ihre Arbeit, und obwohl er ein alter, gebrechlicher Mann war, nahm er ausschließlich den Laienbruder mit sich in den Kräutergarten.

Als Abt Hans dort ankam, lief die Räubermutter wie zuvor zwischen den Blumenbeeten hin und her. Und er konnte sich nicht genug über sie wundern. Er war überzeugt davon, dass sie nie zuvor in ihrem Leben einen Kräutergarten gesehen hatte. Und dennoch ging sie von einem Beet zum nächsten, die alle mit den verschiedensten fremden und seltenen Blumen bepflanzt waren, und betrachtete sie alle, als wären sie alte Bekannte. Es sah so aus, als kannte sie Immergrün, Salbei und Rosmarin. Bei einigen schmunzelte sie, bei anderen schüttelte sie den Kopf.

Abt Hans liebte seinen Kräutergarten so sehr, wie man etwas nur lieben kann, das irdisch und vergänglich ist. Und wie wild und verkommen diese fremde Frau auch aussah, so musste er sich doch eingestehen, dass es ihm imponierte, dass sie mit drei Mönchen gekämpft hatte, um in Ruhe den Garten Eden betrachten zu können. Er trat zu ihr und fragte ruhig, ob ihr der Kräutergarten gefalle.

Die Räubermutter drehte sich abrupt zu Abt Hans um, von dem sie nur Hinterhalt und Überfall erwartete, doch als sie sein weißes Haar und seinen gebeugten Rücken sah, antwortete sie ganz friedlich:

»Beim ersten Blick auf den Garten dachte ich, ich hätte nie etwas Schöneres gesehen, aber jetzt weiß ich, dass er nichts ist im Vergleich zu einem anderen, den ich kenne.«

Abt Hans hatte sicher eine andere Antwort erwartet. Als er

hörte, dass die Räubermutter einen Garten gesehen hatte, der schöner war als seiner, bildete sich eine leichte Röte auf seinen faltigen Wangen.

Der Laienbruder, der neben den beiden stand, wollte augenblicklich die Räubermutter zurechtweisen.

»Das ist der Abt Hans«, erklärte er, »der selbst mit großem Eifer und viel Mühe die Blumen für seinen Kräutergarten in Fern und Nah gesammelt hat. Wir alle wissen, dass es in ganz Schonen keinen prächtigeren Garten gibt, und es steht dir, die du das ganze Jahr im wilden Wald lebst, nicht zu, seine Arbeit zu schulmeistern.«

»Ich will mich gar nicht zum Schulmeister machen, weder über ihn noch über dich«, sagte die Räubermutter, »ich sage nur, wenn ihr den Garten sehen könntet, an den ich denke, ihr würdet alle Blumen, die hier stehen, ausreißen und sie wie Unkraut wegwerfen.«

Doch der Kräutergartenhüter war kaum weniger stolz auf die Blumen als Abt Hans selbst, und als er diese Worte hörte, fing er an, höhnisch zu lachen.

»Mir ist schon klar, dass du nur so redest, um uns zu ärgern. Das muss ja ein schöner Garten sein, den du im Göingewald zwischen Kiefern und Wacholder angelegt hast. Ich möchte meine Seele verwetten, dass du noch nie zuvor in den Mauern eines Kräutergartens gewesen bist.«

Die Räubermutter wurde rot vor Wut, dass ihr so wenig geglaubt wurde, und sie rief aus:

»Es kann schon sein, dass ich noch nie zuvor in den Mauern eines Kräutergartens gewesen bin, doch ihr Mönche, die ihr doch heilige Männer seid, ihr solltet wissen, dass der große Göingewald sich in jeder Weihnachtsnacht in einen Garten Eden verwandelt, um die Stunde der Geburt unseres Herrn zu feiern. Wir, die im Wald leben, haben es jedes Jahr miterlebt, und in diesem Garten habe ich so herrliche Blumen gesehen, dass ich nicht gewagt habe, meine Hand zu heben, um sie zu pflücken.«

Der Laienbruder wollte etwas erwidern, doch Abt Hans gab ihm ein Zeichen, zu schweigen. Denn Abt Hans hatte in seinen Kindertagen davon gehört, dass sich der Wald in der Weihnachtsnacht mit einem Festkleid schmückt. Schon oft hatte er sich danach gesehnt, dieses Schauspiel zu erleben, aber bisher war es ihm nie geglückt. Deshalb bat er jetzt die Räubermutter inständig um Erlaubnis, in der Weihnachtsnacht hoch zur Räuberhöhle kommen zu dürfen. Wenn sie nur eines ihrer Kinder schickte, das ihm den Weg zeigte, würde er sich allein dorthin aufmachen, und er würde sie niemals verraten, sondern sie stattdessen so reichlich belohnen, wie es in seiner Macht stand.

Zunächst weigerte sich die Räubermutter, denn sie dachte an den Räubervater und die Gefahr, die ihm drohte, wenn sie den Abt Hans zu ihrer Höhle führte. Doch dann wurde der Wunsch, dem Mönch zu zeigen, dass der Garten, den sie kannte, schöner war als seiner, doch zu übermächtig, und sie willigte ein.

»Aber mehr als einen Wegbegleiter darfst du nicht mitnehmen«, entschied sie. »Und eine Falle oder einen Hinterhalt darfst du uns nicht bereiten, so wahr du ein heiliger Mann bist.«

Das gelobte Abt Hans, und damit ging die Räubermutter. Und Abt Hans befahl dem Laienbruder, niemandem zu verraten, was sie abgemacht hatten. Er fürchtete, dass seine Mönche einem so alten Mann, wie er es war, nicht erlauben würden, zur Räuberhöhle hoch zu ziehen, wenn sie von seinem Vorhaben erführen.

Er selbst wollte auch niemandem etwas von dem Plan verraten. Doch dann geschah es, dass der Erzbischof Absalon aus Lund nach Öved reiste und dort über Nacht blieb. Als Abt Hans ihm seinen Kräutergarten zeigte, wanderten seine Gedanken zum Besuch der Räubermutter, und der Laienbruder, der in den Beeten arbeitete, hörte, wie der Abt dem Bischof von dem Räubervater berichtete, der seit vielen Jahren als Vogelfreier im Wald lebte, und bat um einen Schutzbrief für ihn, damit er wieder ein ehrliches Leben unter anderen Menschen führen könnte.

»Wie es jetzt aussieht«, sagte Abt Hans, »wachsen seine Kinder zu noch schlimmeren Übeltätern heran, als er einer ist, und bald habt ihr es mit einer ganzen Räuberbande da oben im Wald zu tun.«

Doch Erzbischof Absalon erwiderte, dass er den bösartigen Räuber nicht unter das ehrliche Volk auf der Ebene lassen wolle. Es sei für alle das Beste, wenn er oben im Wald bliebe.

Abt Hans wurde ganz eifrig und begann dem Bischof davon zu erzählen, wie sich der Göingewald jedes Jahr zu Weihnachten schmückte.

»Wenn diese Räuber nicht zu gering dafür sind, dass Gottes Herrlichkeit sich ihnen zeigt«, sagte er, »dann können sie doch wohl auch nicht zu böse sein, um die Gnade der Menschen zu erlangen.«

Doch der Erzbischof wusste dem Abt Hans zu antworten.

»So viel kann ich dir versprechen, mein lieber Abt Hans«, sagte er schmunzelnd, »an dem Tag, an dem du mir eine Blume aus dem Weihnachtsgarten im Göingewald schickst, werde ich für alle Vogelfreien, für die du bittest, einen Schutzbrief aufsetzen.«

Dem Laienbruder war klar, dass Bischof Absalon ebenso wenig wie er selbst an die Erzählung der Räubermutter glaubte, doch Abt Hans merkte davon nichts, er bedankte sich bei Absalon für sein großzügiges Versprechen und versicherte, dass er die Blume schon schicken werde.

Abt Hans bekam seinen Willen; am nächsten Heiligabend saß er nicht daheim in Öved, sondern war auf dem Weg zum Göingewald. Eines der wilden Kinder der Räubermutter lief ihm voraus, und als Wegbegleiter hatte er den Laienbruder ausgewählt, der mit der Räubermutter im Kräutergarten gesprochen hatte.

Abt Hans hatte sich lange danach gesehnt, diese Reise zu unternehmen, und jetzt war er froh, dass sie endlich zustande gekommen war. Ganz anders sah es mit dem Laienbruder aus, der ihm folgen sollte. Er schätzte Abt Hans sehr, und er hätte auf keinen Fall einem anderen erlaubt, ihn an seiner statt zu begleiten und über ihn zu wachen, aber er glaubte keinen Moment, dass sie eine Art von Weihnachtsgarten sehen würden. Er dachte, dass es sich bei dem Ganzen um eine Falle handelte, von der Räubermutter mit großer Schläue aufgestellt, damit Abt Hans ihrem Mann in die Hände falle.

Während Abt Hans nordwärts auf die Wälder zuritt, sah er, wie überall die Weihnachtsfeiern vorbereitet wurden. In jedem Bauerndorf wurde das Feuer in der Sauna entzündet, damit es heiß genug war für den Saunagang am Nachmittag. Aus den Vorratsspeichern wurden Unmengen an Fleisch und Brot in die Stuben geschleppt, und aus den Scheunen kamen die Knechte mit großen Heubündeln, die auf dem Boden verstreut werden sollten.

Als er an den kleinen Landkirchen vorbeiritt, sah er, dass der Pfarrer und die Glöckner dabei waren, sich die schönsten Gewänder anzuziehen, die sie nur finden konnten, und als er zur Wegscheide kam, die zum Bosjökloster führte, kamen die Armen ihnen entgegen, die Arme voll mit großen Broten und langen Kerzen, die sie am Klostertor erhalten hatten.

Als Abt Hans all diese Weihnachtsvorbereitungen sah, versuchte er sich noch mehr zu beeilen. Er dachte daran, dass auf ihn ein viel größeres Fest wartete, als irgendeiner der anderen feiern würde.

Doch der Laienbruder stöhnte und jammerte, als er sah, wie sie auch auf dem kleinsten Hof die Weihnachtsfeier vorbereiteten. Er wurde immer ängstlicher und flehte Abt Hans an und beschwor ihn, doch umzukehren und sich nicht freiwillig in die Räuberhände zu begeben.

Abt Hans setzte seinen Weg fort, ohne sich um diese Klagen zu kümmern. Er ließ die Höfe der Ebene hinter sich und gelangte in einsame, wilde Waldregionen. Hier wurde der Weg schlechter. Meist war es nur noch ein steiniger, mit Tannennadeln bestreuter Pfad, und weder Brücken noch Stege halfen den Reisenden über Bäche und Flüsse. Je weiter sie kamen, umso kälter wurde es, und nach einer Weile erreichten sie schneebedecktes Land.

Es war eine lange, beschwerliche Reise. Sie bogen ab auf steile, glatte Seitenpfade, zogen über Moor und Sumpf, drangen durch Windbruch und Gestrüpp. Gerade als das Tageslicht abnahm, führte der Räuberjunge sie über eine Waldlichtung, die von hohen Bäumen umgeben war, nackten Laubbäumen und grünen Nadelbäumen. Hinter der Wiese erhob sich eine Bergwand, und in der Bergwand sahen sie eine Tür aus dicken Holzplanken.

Da war Abt Hans klar, dass sie angekommen waren, und er stieg vom Pferd. Das Kind öffnete ihm die schwere Tür, und er blickte in eine armselige Berggrotte mit kahlen Steinwänden. Die Räubermutter saß an einem Lagerfeuer, das mitten im Raum brannte. An den Wänden gab es Lager aus Tannenreisern und Moos, und auf einem von ihnen lag der Räubervater und schlief.

»Kommt herein, ihr da draußen!«, rief die Räubermutter, ohne aufzustehen. »Und nehmt die Pferde mit herein, damit sie nicht in der Nachtkälte erstarren!«

Abt Hans ging daraufhin, ohne zu zögern, in die Höhle hinein, und der Laienbruder folgte ihm. Hier war es armselig und kahl, es waren keinerlei Vorbereitungen getroffen worden, um Weihnachten zu feiern. Die Räubermutter hatte weder gebraut noch gebacken, sie hatte nicht gefegt noch gescheuert. Ihre Kinder lagen um einen Kessel herum und aßen, doch das war kein besonderes Essen, sondern nur ein dünner Wasserbrei.

Dennoch sprach die Räubermutter so stolz und sicher wie eine begüterte Bauersfrau.

»Komm, setz dich hier ans Feuer, Abt Hans, und wärm dich«, sagte sie, »und wenn du etwas zu essen bei dir hast, dann iss es!

Denn ich kann mir denken, dass das Essen, das wir hier im Wald kochen, dir nicht schmecken wird. Wenn du müde bist von der Reise, kannst du dich auf eines der Lager legen und ein wenig schlafen. Du brauchst nicht zu fürchten, du könntest verschlafen. Ich bleibe hier am Feuer sitzen und halte Wache, und ich werde dich wecken, damit du das sehen kannst, weshalb du hierhergekommen bist.«

Abt Hans gehorchte der Räubermutter und holte seinen Proviantsack hervor. Doch er war von der Reise so müde, dass er kaum etwas zu essen vermochte, und sobald er sich auf dem Lager ausstrecken konnte, schlief er ein.

Der Laienbruder wurde ebenfalls aufgefordert, sich auf einem Lager auszuruhen, doch er wagte es nicht, einzuschlafen, er wollte lieber den Räubervater im Auge behalten, damit dieser nicht aufsprang und Abt Hans fesselte. Doch schließlich übermannte die Müdigkeit auch ihn, und er schlief ein. Als er aufwachte, sah er, dass Abt Hans sein Lager verlassen hatte und jetzt am Feuer saß und sich mit der Räubermutter unterhielt. Der vogelfreie Räuber saß auch am Feuer. Er war ein großer, hagerer Mann, der müde und trübsinnig aussah. Er drehte Abt Hans den Rücken zu, und es schien, als wollte er nicht zeigen, dass er dem Gespräch lauschte.

Abt Hans erzählte der Räubermutter von all den Weihnachtsvorbereitungen, die er auf dem Weg gesehen hatte, und er erinnerte sie an Weihnachtsgilden und lustige Weihnachtsspiele, an denen sie in ihrer Jugend doch sicher auch teilgenommen hatte, als sie noch in Frieden unter den Menschen gelebt hatte.

»Es ist ein Jammer, dass eure Kinder nie verkleidet durch die Dorfstraßen laufen oder sich im Weihnachtsstroh tummeln können«, sagte Abt Hans. Die Räubermutter hatte zunächst nur kurz und abweisend geantwortet, doch mit der Zeit wurde sie kleinlauter und hörte interessierter zu. Plötzlich drehte sich der Räubervater Hans zu und hielt dem Abt seine geballte Faust vors Gesicht.

»Du erbärmlicher Mönch, bist du hergekommen, um meine Frau und die Kinder von mir fortzulocken? Weißt du nicht, dass ich vogelfrei bin und nicht aus dem Wald hinausgehen kann?«

Abt Hans schaute ihm unerschrocken ins Gesicht.

»Mein Ziel ist es, vom Erzbischof einen Schutzbrief für dich zu bekommen«, sagte er. Kaum hatte er die Worte ausgesprochen, da begannen der Vogelfreie und seine Frau lauthals zu lachen. Sie wussten wohl nur zu gut, welche Gnade ein Waldräuber von Bischof Absalon zu erwarten hatte.

»Ja, wenn ich einen Schutzbrief von Absalon kriege«, sagte der Räubervater, »dann verspreche ich dir, dass ich niemals wieder auch nur eine einzige Gans stehlen werde.«

Der Laienbruder war verärgert darüber, dass Räuber sich trauten, über Abt Hans zu lachen, doch dieser schien mit dem Verlauf des Gesprächs sehr zufrieden zu sein. Kaum konnte der Laienbruder sich erinnern, dass er den Abt jemals so friedvoll und ruhig unter den Mönchen in Öved hatte sitzen sehen, wie er jetzt bei diesen wilden Räubern saß.

Doch plötzlich stand die Räubermutter auf.

»Du sitzt hier und redest die ganze Zeit, Abt Hans«, sagte sie, »dass wir ganz vergessen, uns den Wald anzusehen. Jetzt kann ich bis hier hören, wie die Weihnachtsglocken läuten.«

Kaum war das gesagt, schon sprangen alle auf und stürzten hinaus. Doch im Wald war immer noch nichts als dunkle Nacht und kalter Winter. Als Einziges war ein entfernter Glockenklang zu vernehmen, der von einem leichten Südwind herangetragen wurde.

Doch als die Glocken einige Zeit geläutet hatten, fuhr plötzlich ein Lichtstreif durch den Wald. Kurz darauf wurde es wieder so dunkel wie zuvor. Doch dann kam das Licht zurück. Es kämpfte sich wie ein leuchtender Nebel zwischen den dunklen Bäumen hindurch. Und es hatte so viel Kraft, dass die Dunkelheit in einen sanften Tagesanbruch überging.

Da sah Abt Hans, dass der Schnee von der Erde verschwand,

als hätte jemand einen Teppich weggezogen, und dass die Erde zu grünen begann. Der Farn schob seine Triebe heraus, zusammengerollt wie Bischofsstäbe. Die Heide, die auf dem steinigen Boden wuchs, und der Heidegagelstrauch, der im Moos verborgen war, kleideten sich schnell in frisches Grün. Die Mooskissen schwollen an, und Frühlingsblumen schossen mit dicken Knospen hervor, die bereits Farbe zeigten.

Abt Hans' Herz schlug heftig, als er die ersten Zeichen dafür entdeckte, dass der Wald erwachen wollte. »Soll es mir altem Mann vergönnt sein, so ein Wunder zu sehen?«, dachte er, und die Tränen wollten ihm in die Augen treten.

Dann wurde es wieder so trüb, dass er fürchtete, die Nachtfinsternis könnte von Neuem mit aller Macht zurückkommen.

Doch schnell brach eine neue Welle des Lichts hervor. Sie führte ein ganzes Gemurmel von Bächen und dem Rauschen aufgebrochener Wasserfälle mit sich. Da brachen die Blätter der Laubbäume so hastig hervor, als wäre eine Unzahl grüner Schmetterlinge herbeigeflogen und hätte sich auf die Zweige gehockt. Und nicht nur die Bäume und Büsche erwachten. Kreuzschnäbel hüpften auf den Zweigen. Spechte hackten gegen die Stämme, dass die Holzspäne um sie flogen. Ein Schwarm Stare ließ sich auf einem Tannenwipfel nieder, um auszuruhen, bevor er weiterflog. Es waren prächtige Stare. Die Spitze jeder Feder leuchtete strahlend rot, und wenn die Vögel sich bewegten, glitzerten sie wie Edelsteine.

Wieder wurde es für eine Weile dunkler, doch bald kam eine neue Lichtwelle. Ein kräftiger warmer Südwind blies und säte auf der Waldwiese all die kleinen Samen aus den südlichen Ländern aus, die von Vögeln, Schiffen und Winden herbeigetragen worden waren und die wegen der Strenge des Winters nirgendwo anders wachsen konnten, und in dem Moment, in dem sie die Erde trafen, fassten sie sofort Wurzeln und keimten.

Als die nächste Lichtwelle herangebraust kam, begannen das Blaubeerkraut und die Heide zu blühen. Graugänse und

Kraniche riefen hoch oben in der Luft, Buchfinken bauten ihre Nester, und Eichhörnchenjunge begannen auf den Baumästen zu spielen.

Jetzt ging plötzlich alles so schnell, dass der Abt Hans nicht darüber nachdenken konnte, welch übermächtiges Wunder es war, das hier geschah. Er hatte kaum genug Zeit, Augen und Ohren zu gebrauchen. Die nächste Lichtwelle, die herangerauscht kam, führte einen Duft von frisch gepflügten Äckern mit sich. In weiter Ferne hörte man die Hirtenmädchen die Kühe locken, und die Glöckchen der Schafe läuteten. Tannen und Kiefern schmückten sich so dicht mit kleinen roten Zapfen, dass die Bäume wie Purpurmäntel leuchteten. Der Wacholder trug Beeren, die jeden Moment ihre Farbe änderten. Und die Waldblumen bedeckten die Erde, dass sie weiß, blau und gelb wurde.

Abt Hans beugte sich zur Erde und brach die Blüte einer Walderdbeere ab. Während er sich aufrichtete, reifte die Beere. Das Fuchsweibchen kam mit einem ganzen Wurf schwarzbeiniger Welpen aus der Höhle. Es ging zur Räubermutter und kratzte an ihrem Kittel, und die Räubermutter beugte sich zu ihm hinab und bewunderte die Jungen. Der Uhu, der gerade mit seiner nächtlichen Jagd begonnen hatte, kehrte heim, erschreckt von dem Licht, flog in seine Felsspalte und schlief ein. Der Kuckuck rief, sein Weibchen schlich um die Nester der kleinen Vögel herum, sein Ei im Schnabel.

Die Kinder der Räubermutter stießen Freudenschreie aus. Sie aßen sich satt an den Waldbeeren, die an den Büschen hingen, groß wie Tannenzapfen. Eines von ihnen spielte mit einer Schar Hasenjungen, ein anderes lief um die Wette mit jungen Krähen, die aus dem Nest hüpften, bevor die Flügel ausgewachsen waren, ein drittes pflückte Farn und wickelte ihn sich um Hals und Arm. Der Räubervater stand draußen auf dem Moos und aß Moltebeeren. Als er aufblickte, lief ein großes, schwarzes Tier neben ihm. Der Räubervater brach einen Weidenzweig ab und schlug dem Bär auf die Nase.

»Bleib in deinem Revier!«, schimpfte er. »Das ist mein Busch.« Da wich der Bär zurück und trottete seines Weges.

Ständig kamen neue Wellen voll Wärme und Licht, und jetzt führten sie Entengeschnatter vom Waldteich mit sich. Gelber Blütenstaub aus dem Roggenfeld tanzte durch die Luft. Schmetterlinge kamen, so groß, dass sie aussahen wie fliegende Lilien. Der Bau der Bienen in einer hohlen Eiche war bereits so voll mit Honig, dass er den Stamm hinunterlief. Jetzt öffneten sich auch die Blumen, die aus den Samen der fremden Länder gewachsen waren. Die schönsten Rosen kletterten die Berghänge hinauf, als wollten sie die Brombeeren überholen. Aus der Waldlichtung quollen die Blumen hervor, die er für den Bischof Absalon pflücken wollte, doch er zögerte, sie zu brechen. Eine Blume wuchs herrlicher als die andere, und er wollte die allerschönste haben.

Welle für Welle kam, und jetzt war die Luft so von Licht durchdrungen, dass es glitzerte. Die ganze Lust, der Glanz und das Glück des Sommers strahlten um Abt Hans. Ihm schien, die Erde könnte keine größere Freude zeigen als die, die jetzt um ihn herum hervorquoll, und er sagte zu sich selbst: »Ich weiß nicht, was die nächste Welle, die kommen wird, noch an Herrlichkeit mit sich führen kann.«

Doch das Licht strömte weiter heran, und jetzt schien es Abt Hans, als führe es etwas aus unendlichen Fernen mit sich. Er spürte, dass ihn überirdische Luft umgab, und zitternd wuchs in ihm die Erwartung, die reine Himmelsfreude kündige sich an.

Abt Hans merkte, dass alles still wurde: Die Vögel verstummten, die Fuchsjungen spielten nicht mehr, und die Blumen hatten aufgehört zu wachsen. Die Seligkeit, die jetzt nahte, war von einer Art, dass das Herz stillstehen wollte, die Augen weinten, ohne dass man sich dessen bewusst war, die Seele sehnte sich danach, in die Ewigkeit fortzufliegen. Weit in der Ferne waren leise Harfentöne zu hören, und überirdischer Gesang erreichte die Lauschenden wie ein rauschendes Flüstern.

Abt Hans faltete die Hände und sank auf die Knie. Sein Gesicht strahlte vor Seligkeit. Niemals hatte er erwartet, dass es ihm vergönnt sein sollte, bereits in diesem Leben die Freuden des Himmels zu genießen und die Engel Weihnachtslieder singen zu hören.

Doch neben Abt Hans stand der Laienbruder, der ihn begleitet hatte. Finstere Gedanken gingen ihm durch den Kopf. »Das kann kein richtiges Wunder sein, das sich bösen Übeltätern offenbart«, dachte er. »Das kann nicht von Gott kommen, das muss aus dem Bösen entsprungen sein. Das ist durch die böse List des Teufels hergeschickt worden. Das ist die Macht des hässlichen Feindes, die uns verhext und uns zwingt, das zu erblicken, was es gar nicht gibt.«

In der Ferne erklangen Engelharfen und Engelgesang, doch der Laienbruder glaubte, es seien Höllengeister, die nahten.

»Sie wollen uns locken und verführen«, seufzte er, »niemals kommen wir mit heiler Haut hier wieder heraus. Wir werden betört und dem Abgrund verkauft.«

Jetzt waren die Engelscharen so nah, dass Abt Hans helle Gestalten zwischen den Stämmen der Waldesbäume schimmern sah. Und der Laienbruder sah das Gleiche wie er, doch er dachte nur daran, welche Bösartigkeit darin lag, dass die Teufel ihre Künste während der Nacht trieben, in der der Heiland geboren worden war. Und das sicher nur, um die armen Menschen umso einfacher betören zu können.

Die ganze Zeit waren Vögel um Abt Hans' Kopf geflogen, und er hatte sie mit seinen Händen greifen können. Vor dem Laienbruder hatten die Tiere dagegen Angst: Kein Vogel hatte sich auf seine Schulter gesetzt, keine Schlange hatte zu seinen Füßen gespielt. Doch jetzt kam eine kleine Waldtaube angeflogen. Als sie spürte, dass die Engel sich näherten, nahm sie allen Mut zusammen, flog auf die Schulter des Laienbruders und legte ihren Kopf an seine Wange. Da schien ihm, als käme der böse Feind ihm ganz nahe, um ihn zu versuchen und zu verführen. Er schlug mit der Hand nach der Taube und rief mit so lauter Stimme, dass es im Wald widerhallte:

»Fahr zur Hölle, aus der du gekommen bist!«

Gerade in dem Moment waren die Engel so nahe, dass Abt Hans den Luftzug ihrer großen Flügel spüren konnte, und er neigte sich tief zu Boden, um sie zu begrüßen. Doch als die Worte des Laienbruders erklangen, wurde der Engelgesang unterbrochen, und die heiligen Gäste wandten sich zur Flucht. Und auch das Licht und die sanfte Wärme flohen in unsagbarer Angst vor der Kälte und der Finsternis in einem Menschenherzen. Die Nacht sank auf die Erde wie eine Decke, die Kälte kam, die Pflanzen auf der Erde schrumpften, das Laub fiel von den Bäumen, wie Regen raschelnd.

Abt Hans spürte, wie sein Herz, das gerade noch von Seligkeit erfüllt gewesen war, sich jetzt in unerträglichem Schmerz zusammenzog. »Niemals«, dachte er, »werde ich das überleben können, dass die himmlischen Engel mir so nahe waren und vertrieben wurden, dass sie Weihnachtslieder für mich singen wollten und in die Flucht geschlagen wurden.«

Zugleich fiel ihm die Blume ein, die er Bischof Absalon versprochen hatte, und er beugte sich zur Erde und suchte zwischen Moos und Laub, um sie im letzten Moment noch zu pflücken. Doch er spürte, wie die Erde unter seinen Fingern erstarrte und wie der weiße Schnee den Boden bedecken wollte.

Da schmerzte ihn sein Herz noch mehr. Er konnte sich nicht wieder aufrichten, fiel zu Boden und blieb liegen.

Als das Räubervolk und der Laienbruder sich in der tiefen Finsternis ihren Weg zurück zur Räuberhöhle getastet hatten, bemerkten sie, dass Abt Hans nicht bei ihnen war. Sie nahmen Fackeln vom Feuer und gingen hinaus, um ihn zu suchen, und sie fanden ihn tot auf der Schneedecke liegend.

Und der Laienbruder fing an zu jammern und zu weinen. Er begriff, dass er es gewesen war, der Abt Hans getötet hatte, indem er ihm den Freudenbecher entrissen hatte, den zu leeren er sich schon so lange gesehnt hatte.

Als Abt Hans nach Öved hinuntergebracht worden war, sahen die, die den Toten versorgten, dass er seine rechte Hand fest um etwas geschlossen hielt, das er in dem Augenblick seines Todes ergriffen haben musste. Als es ihnen schließlich gelang, die Faust zu öffnen, sahen sie, dass das, was er mit so einer Kraft festhielt, ein paar weiße Wurzelknollen waren, die er aus Moos und Laub herausgerissen hatte. Und als der Laienbruder, der Abt Hans begleitet hatte, diese Wurzeln erblickte, nahm er sie und pflanzte sie in Abt Hans' Kräutergarten.

Er hütete sie das ganze Jahr in Erwartung, dass eine Blüte aus ihnen erwachsen würde, doch er wartete vergebens den Frühling, den Sommer und den Herbst. Als endlich der Winter gekommen war und alle Blätter und Blüten gestorben, achtete er nicht weiter auf sie.

Doch als der Heiligabend kam, wurde seine Erinnerung an Abt Hans so stark, dass er in den Kräutergarten ging, um an ihn zu denken. Und siehe da, als er an der Stelle vorbeiging, wo er die kahlen Wurzelknollen gepflanzt hatte, sah er, dass aus ihnen kräftige grüne Stängel gewachsen waren, die wunderschöne Blüten mit silberweißen Blütenblättern zierten!

Er rief alle Mönche von Öved herbei, und als diese die Pflanze sahen, die am Heiligen Abend blühte, während alle anderen Pflanzen wie tot erschienen, wurde ihnen klar, dass sie wirklich von Abt Hans in dem Weihnachtsgarten im Wald von Göinge gepflückt worden sein musste. Der Laienbruder bat augenblicklich die Mönche um Erlaubnis, einige der Blüten dem Bischof Absalon zu bringen.

Als der Laienbruder vor den Bischof Absalon trat, überreichte er diesem die Blumen und sagte:

»Die schickt dir Abt Hans. Das sind die Blumen, die er im Weihnachtsgarten im Wald von Göinge zu pflücken dir versprochen hat.«

Als der Bischof Absalon die Blumen sah, die im dunklen Winter aus der Erde gekommen waren, und als er die Worte hörte, erbleichte er, als wäre ihm der Tod begegnet. Eine Weile saß er schweigend da, dann sprach er:

»Abt Hans hat sein Wort gehalten, dann will ich auch meines halten.« Und er ließ einen Schutzbrief für den wilden Räuber aufsetzen, der seit seiner Jugend als Vogelfreier im Wald gehaust hatte.

Er übergab den Brief dem Laienbruder, und dieser fuhr mit ihm davon, in den Wald, und suchte den Weg zur Räuberhöhle. Als er nun am Weihnachtstag dort eintrat, kam der Räuber ihm mit erhobener Axt entgegen.

»Ich werde euch erschlagen, ihr Mönche, ganz gleich, wie viele ihr seid«, sagte er. »Denn es ist ja wohl eure Schuld, dass der Wald von Göinge sich in dieser Nacht nicht ins Weihnachtsgewand gekleidet hat.«

»Das ist einzig und allein meine Schuld«, sagte der Laienbruder, »und ich will gerne deshalb sterben, doch zuerst möchte ich dir eine Botschaft von Abt Hans bringen.« Und er zog den Brief des Bischofs hervor und erklärte dem Mann, dass er nicht mehr verbannt war. »Ab jetzt kannst du mit deinen Kindern im Weihnachtsstroh spielen und Weihnachten unter Menschen feiern, so wie es Abt Hans gewünscht hat«, sagte er.

Da wurde der Räubervater blass und stumm, aber die Räubermutter sprach in seinem Namen:

»Abt Hans hat sein Wort gehalten, da wird auch der Räubervater seines halten.«

Als der Räuber und seine Frau aus der Räuberhöhle ausgezogen waren, zog der Laienbruder dort ein und lebte einsam im Wald, stets flehentlich betend, dass sein hartes Herz ihm vergeben sein möge.

Doch der Wald von Göinge hat nie wieder die Geburtsstunde des Herrn gefeiert, und von all dieser Herrlichkeit lebt nur noch die Pflanze, die Abt Hans pflückte. Sie bekam den Namen *Christrose*, und jedes Jahr zeigt sie ihre weißen Blüten und grünen Stängel zur Weihnachtszeit, als könnte sie niemals vergessen, dass sie einst in dem großen Weihnachtsgarten wuchs.

Robert Louis Stevenson

Markheim

»Ja«, sagte der Trödler, »was uns der Zufall so ins Haus weht, ist von allerlei Art. Manche Kunden haben keine Ahnung von dem Wert der Sachen, die sie bringen, und dann beziehe ich eine Dividende auf meine überlegenen Kenntnisse. Einige sind unehrlich«, und bei diesen Worten hielt er die Kerze in die Höhe, so dass ihr Licht hell auf seinen Besucher fiel, »und in diesem Fall«, fuhr er fort, »hab ich von meiner Tugend Profit.«

Markheim war gerade eben aus der tageshellen Straße in die Trödelbude eingetreten, und seine Augen hatten sich noch nicht an das Zwielicht von Hell und Dunkel in dem Laden gewöhnt. Die scharf betonten Worte und die Nähe der Kerzenflamme machten, dass er mit den Augen zwinkern und zur Seite blicken musste.

Der Trödler kicherte und fuhr dann fort:

»Sie kommen zu mir am Weihnachtstage, wo Sie doch wissen, dass ich allein in meinem Hause bin, meine Fensterläden vorgesetzt habe und grundsätzlich keine Geschäfte mache. Nu, Sie werden dafür zu bezahlen haben; Sie werden mir auch meinen Zeitverlust zu bezahlen haben, denn eigentlich sollte ich meine Geschäftsbücher in Ordnung bringen; und ferner werden Sie zu bezahlen haben für eine gewisse Aufregung, die ich heute sehr deutlich an Ihnen bemerke. Ich bin die Diskretion selber und stelle niemals unpassende Fragen; aber wenn ein Kunde mir nicht ins Auge sehen kann, so hat er dafür zu bezahlen.«

Wieder kicherte der Trödler; dann fuhr er in seinem gewöhnlichen geschäftlichen Ton, obgleich immer noch mit einem etwas ironischen Klang, fort: »Sie können wie gewöhnlich klare Auskunft darüber geben, wie Sie in den Besitz des Gegenstandes kamen? Wieder aus der Sammlung Ihres Oheims? Ein bemerkenswerter Sammler, Herr!«

Und der kleine, blasse, krummrückige Trödler stand beinahe auf den Zehenspitzen, sah über den Rand seiner goldenen Brille weg und nickte dazu mit allen Anzeichen von Ungläubigkeit. Markheim erwiderte seinen Blick mit einem unendlich mitleidigen, in den sich ein leises Grauen mischte, und sagte:

»Diesmal irren Sie sich; ich will nicht verkaufen, sondern kaufen. Ich habe keine Raritäten abzugeben; meines Oheims Kabinett hat bloß noch die kahlen Wände. Aber selbst wenn die Sammlung noch unversehrt wäre, ich habe ein gutes Geschäft an der Börse gemacht und würde wohl eher Kunstgegenstände kaufen als umgekehrt. Aber mein heutiger Wunsch ist ungeheuer einfach: Ich suche ein Weihnachtsgeschenk für eine Dame«, fuhr er fort, und die Rede, die er sich vorher zurechtgelegt hatte, ging um so fließender, als er über die ersten Sätze hinweg war; »gewiss muss ich Sie recht sehr um Entschuldigung bitten, dass ich Sie wegen einer solchen Kleinigkeit belästige. Aber die Sache wurde gestern verbummelt; ich muss beim Essen mein kleines Kompliment anbringen, und eine reiche Heirat, das wissen Sie recht wohl, ist ein Ding, das man nicht auf die leichte Achsel nehmen darf.«

Es folgte eine Pause, während welcher der Trödler ungläubig über diese Erzählung nachzudenken schien. In dem Schweigen hörte man das Ticken vieler Uhren in dem bunten Kram des Ladens und das gedämpfte Rasseln der Droschken in einer nahen Hauptstraße.

»Na, Herr«, sagte der Händler, »mag es so sein. Sie sind ja doch ein alter Kunde; und wenn Sie, wie Sie sagen, Aussicht auf eine gute Heirat haben, so sei es ferne von mir, Ihnen dabei im Wege zu sein. Hier habe ich auch was Hübsches für eine Dame«, fuhr er fort; »hier diesen Handspiegel – fünfzehntes Jahrhundert, garantiert echt; stammt sogar aus einer guten Sammlung, aber den Namen behalte ich für mich, im Interesse meines Kunden, der, genau wie Sie, mein werter Herr, der Neffe und einzige Erbe eines bedeutenden Sammlers war.«

Während der Trödler so mit seiner trockenen sarkastischen Stimme sprach, hatte er sich gebückt, um den Spiegel hervorzuholen; und als er dies tat, verspürte Markheim einen Stoß, der ihm durch den ganzen Körper fuhr: ein Zucken in Hand und Fuß, ein plötzliches Zuströmen vieler aufrührerischen Leidenschaften in seinem Antlitz. Es ging so schnell vorüber, wie es gekommen war, und hinterließ keine Spur außer einem leisen Zittern der Hand, die jetzt den Spiegel in Empfang nahm.

»Ein Spiegel?«, sagte er heiser, stockte dann und wiederholte das Wort deutlicher: »Ein Spiegel? Zu Weihnachten? Gewiss doch nicht?«

»Und warum nicht?«, rief der Trödler. »Warum nicht ein Spiegel?«

Markheim sah ihn mit einem unbeschreiblichen Ausdruck an; dann sagte er:

»Sie fragen mich: warum nicht? Nun, sehen Sie doch – sehen Sie hinein, sehen Sie sich selber an! Mögen Sie so etwas sehen? Nein! Ich auch nicht – und überhaupt kein Mensch.«

Das Männchen war zurückgesprungen, als Markheim ihm so plötzlich den Spiegel vorhielt; jetzt aber kicherte er wieder, als er bemerkte, dass nichts Böses beabsichtigt war.

»Ihre zukünftige Frau Gemahlin, Herr, muss wohl nicht allzu viel Schönheit mitbekommen haben!«

»Ich ersuche Sie um ein Weihnachtsgeschenk, und Sie geben mir dies – diesen verdammten Erinnerer an die Flüchtigkeit der Jahre, an Sünden und Torheiten – dieses Hand-Gewissen! War das Ihre Absicht? Hatten Sie einen besonderen Gedanken dabei im Sinn? Sagen Sie mir das! Es wird für Sie besser sein, wenn Sie das tun. Hören Sie mal, sagen Sie mir etwas über sich selber! Ich möchte auf gut Glück annehmen, dass Sie im Geheimen ein sehr mildtätiger Mensch sind?«

Der Trödler sah seinen Besucher scharf an. Es war sehr sonderbar: Markheim schien nicht zu scherzen, in seinem Gesicht war so etwas wie ein Funke von Hoffnung, aber gar keine Heiterkeit.

»Was wollen Sie damit sagen?«, fragte der Trödler.

»Nicht wohltätig?«, versetzte der andere düster. »Nicht wohltätig; nicht fromm; nicht gewissenhaft; nicht liebend, ungeliebt; eine Hand, Geld einzunehmen – ein Geldschrank, es aufzubewahren. Ist das alles? Gütiger Gott – Mann, ist das alles?«

»Ich will Ihnen sagen, was es ist!«, begann der Trödler ziemlich scharf; dann aber kicherte er wieder: »aber ich verstehe – Sie heiraten aus Liebe und haben auf der Dame Wohl getrunken!«

»Ah!«, rief Markheim mit einem merkwürdigen Interesse. »Ah, Sie sind einmal verliebt gewesen? Erzählen Sie mir davon!«

»Ich!«, rief der Trödler. »Ich verliebt! Dazu habe ich niemals Zeit gehabt, und ich habe auch heute keine Zeit für all diesen Unsinn. Wollen Sie den Spiegel nehmen?«

»Wozu so eilig? Es ist so nett, hier zu stehen und zu plaudern; und das Leben ist so kurz und so unsicher, dass man sich von keinem Vergnügen so schnell trennen sollte – wäre es auch nur ein so harmloses Vergnügen wie dies Geplauder. Eigentlich sollten wir uns anklammern – anklammern an jedes bisschen, das wir kriegen können, wie ein Mensch an die Zacke einer Klippe. Jede Sekunde ist eine Klippe, wenn man darüber nachdenkt – eine Klippe, die eine Meile hoch ist, hoch genug, dass wir aus der Menschheit spurlos verschwinden, wenn wir herunterstürzen, darum ist es das Beste, gemütlich zu plaudern. Wir wollen uns etwas voneinander erzählen: Warum sollen wir diese Maske tragen? Lassen Sie uns vertraulich miteinander sprechen. Wer weiß, ob wir nicht Freunde werden könnten?«

»Ich habe Ihnen bloß ein Wort zu sagen«, sprach der Trödler; »entweder kaufen Sie etwas oder verlassen Sie meinen Laden!«

»Freilich, freilich«, sagte Markheim. »Genug des Schwätzens. Ans Geschäft! Zeigen Sie mir etwas anderes.«

Der Trödler bückte sich abermals – dieses Mal, um den Spiegel wieder auf das Bord zu legen, und dabei fiel ihm sein dünnes blondes Haar über die Augen. Markheim bewegte sich etwas näher heran, die eine Hand in der Tasche seines Mantels; er reckte sich empor und füllte seine Lungen mit Luft; und viele verschiedene Gefühle malten sich gleichzeitig auf seinem Antlitz: Furcht und Grausen und Entschlossenheit, unwiderstehlicher Trieb und körperliches Zurückschaudern; seine Oberlippe krümmte sich empor, so dass die Zähne sichtbar wurden.

»Dies hier möchte vielleicht passend sein!«, bemerkte der Trödler. Und dann, als er sich wieder aufzurichten begann, sprang Markheim mit einem Satz von hinten auf sein Opfer. Der lange spießähnliche Dolch blitzte und fiel nieder. Der Trödler schlug mit den Armen, wie ein Huhn mit den Flügeln, streifte mit der Schläfe das Gestell und sank in einen Haufen auf den Boden zusammen.

Frau Zeit hatte etliche dutzend leiser Stimmen in diesem Laden – einige feierlich und langsam, wie es sich für ihr hohes Alter gehörte – andere geschwätzig und eilig. Alle diese Stimmen kündeten die Sekunden in einem verworrenen Ticktack-Chor.

Ein junger Bursche lief mit schweren Schritten draußen eilig über das Straßenpflaster; seine Tritte übertönten die leiseren Stimmen und brachten Markheim mit einem Ruck zum Bewusstsein seiner Umgebung.

Traurig sah er sich um. Die Kerze stand auf dem Ladentisch; ihre Flamme schwankte in einem Luftzug langsam hin und her; und durch diese unbedeutende Bewegung wurde der ganze Raum von einem geräuschlosen Schattentanz erfüllt, der wie Meereswogen schwankte; die langen Schatten nickten, große Flecken von Finsternis breiteten sich aus und zogen sich zusammen wie in regelmäßigen Atemzügen; die Gesichter auf den Porträts und die chinesischen Götzenbilder schwankten hin und her und auf und ab, wie wenn sie im Wasser schwämmen.

Die innere Tür stand halb offen und stieß in diese Schattenmassen einen langen Streifen Tageslicht wie einen Finger hinein.

Von diesen angsterfüllten Wanderungen kehrten Markheims Augen zu dem Leichnam seines Opfers zurück: Dort lag er, zusammengeballt und nur einige Teile von Gliedmaßen von sich streckend, unglaublich klein und auffallend viel schäbiger aussehend als im Leben. In diesen armseligen Kleidern eines Geizhalses, in dieser grausigen Verrenkung seines Körpers lag der Trödler da wie ein Haufen Sägespäne.

Markheim hatte vor diesem Anblick Furcht gehabt, und siehe da, es war gar nichts.

Und doch, wie er so darauf hinstarrte, da begannen dieses Dunkel alter Kleider und diese Blutlache beredte Stimmen zu finden: Der Haufen musste dort liegen; niemand war da, durch ein Wunder ihn von der Stelle zu bewegen; dort musste er liegen bleiben, bis er gefunden wurde.

Gefunden! natürlich. Und dann?

Dann würde dieses tote Fleisch einen Schrei erheben, der über ganz England erschallen würde, der die ganze Welt mit dem Widerhall der Verfolgungsrufe erfüllen würde.

Ja – tot oder nicht: dieser Leichnam war immer sein Feind.

Der Mensch ist tot – die Zeit bleibt, dachte Markheim.

Und dieses Wort ›Zeit‹ blieb in seinen Gedanken haften: Zeit war jetzt, da die Tat vollbracht war, für den Mörder wichtig; den Ermordeten ging sie nichts mehr an.

Dieser Gedanke war noch in seinem Sinn, als plötzlich, erst eine, dann eine andere, dann unendlich viele in allen möglichen Geschwindigkeiten und Klängen: eine tief und langsam wie eine Kirchturmuhr, eine andere hell und lustig und flink wie im Walzertakt, alle Glocken die dritte Stunde zu schlagen begannen.

Es war drei Uhr nachmittags.

Das plötzliche Sprechen so vieler Zungen in dieser stummen Kammer rüttelte ihn auf.

Er begann sich zusammenzunehmen, ging mit der Kerze in dem Laden hin und her, von schwankenden Schatten verfolgt und von allerlei Gedanken in seiner Seele gepeinigt.

In vielen prachtvollen Spiegeln, zum Teil englischen, zum Teil venezianischen oder holländischen, sah er sein Antlitz in unzähliger Vervielfachung, wie wenn eine Armee von Spionen um ihn wäre. Seine eigenen Augen erblickten und entdeckten ihn, und der Schall seiner eigenen Schritte, so leise er auch ging, störte unheimlich die Ruhe, die ringsum war.

Und während er so unablässig seine Taschen füllte, zeigte sein Verstand ihm, mit einer Hartnäckigkeit, die ihm übel machte, die tausend Fehler, die er begangen hatte: Er hätte eine ruhigere Stunde wählen sollen; er hätte ein Alibi vorbereiten sollen; er hätte kein Messer benutzen dürfen; er hätte vorsichtiger sein, den Trödler nur binden und knebeln, nicht töten sollen; er hätte kühner sein und auch das Dienstmädchen ermorden sollen, er hätte alles, alles anders machen sollen.

Ein schmerzhaftes, trauriges Denken, unaufhörliches Überlegen, wie etwas zu ändern wäre, das doch nicht zu ändern war – Pläne zu schmieden, die jetzt zwecklos waren –, die unabänderliche Vergangenheit anders zurechtzuzimmern.

Und hinter all diesem hastigen Denken erfüllte eine grässliche Angst die weiter entlegenen Kammern seines Hirns mit einem Lärm, wie wenn Ratten auf einem unbewohnten Dachboden rumpeln: Die Hand des Schutzmanns würde sich schwer auf seine Schulter legen, und seine Nerven würden dabei zappeln wie ein gefangener Fisch am Angelhaken. Oder er sah allerlei Bilder an sich vorübergaloppieren: die Anklagebank, das Gefängnis, den Galgen und den schwarzen Sarg.

Furcht vor den Menschen auf der Straße umringte seinen Geist wie eine Belagerungsarmee. Es könnte nicht anders sein, dachte er, als dass ein Geräusch des Kampfes an ihre Ohren gedrungen wäre und ihre Neugierde gereizt hätte. Und er stellte sich vor, wie jetzt in allen Nachbarhäusern Menschen regungslos und mit gespitzten Ohren dasäßen, einsame Menschen, die am Weihnachtsfest nur ihre Erinnerungen an die Vergangenheit hätten und in dieser lieben Beschäftigung plötzlich gestört wären; glückliche Familiengesellschaften, die rund um den Tisch herum auf einmal verstummten, als die Mutter den Finger erhob: Menschen jedes Standes und Alters und Temperaments – aber alle saßen sie in ihrem eigenen Heim und horchten und lauschten und bewegten den Strick, an dem er hangen sollte.

Manchmal schien es ihm, wie wenn er sich gar nicht leise genug bewegen könnte: Das Klingen der großen böhmischen Glaspokale erscholl so laut wie eine Kirchenglocke. Die Uhren tickten so laut, dass er daran dachte, sie zum Stillstehen zu bringen.

Und dann wieder, in einem blitzschnellen Übergang schien ihm gerade in der Stille des Ortes die Gefahr zu liegen; gerade sie musste die Vorübergehenden beunruhigen und erschrecken. Dann trat er kühner auf den Fußboden, kramte geräuschvoll unter den Sachen im Laden herum und ahmte mit erkünstelter Tapferkeit die Bewegungen eines fleißigen Menschen nach, der sich in seinem eigenen Hause unbekümmert zu schaffen macht.

Aber alle diese Ängste rissen ihn so zusammen, dass nur ein Teil seines Verstandes noch munter und schlau war, der andere aber am Rande des Wahnsinns zitterte.

Besonders war es ein ganz bestimmtes Trugbild seiner Sinne, das ihn verstörte. Der Nachbar, der mit bleichem Gesicht hinter dem Fenster lauschte, der Passant, den ein grausiger Verdacht plötzlich auf dem Straßenpflaster festgebannt stehen ließ – diese konnten im schlimmsten Fall einen Verdacht haben, wissen konnten sie nichts; durch die Ziegelmauern und die verschlossenen Fensterläden konnten nur Töne hindurchdringen. Aber hier drinnen im Hause – war er hier wirklich allein?

Er wusste, er war allein. Er hatte das Dienstmädchen beobachtet, wie sie in ihrem ärmlichen Sonntagsstaat zum Bräutigam eilte: »Frei für den ganzen Tag!« stand auf jedem Bande ihres Putzes geschrieben; drückte sich in jedem Lächeln ihres Antlitzes aus.

Ja – er war allein, natürlich war er allein. Und doch – in dem leeren Hause über ihm konnte er deutlich leise Schritte hören; er hatte das ganz bestimmte Bewusstsein, freilich ein unerklärliches Bewusstsein, dass irgendjemand da sei. Jawohl, ganz sicher war etwas da; in jedem Raum und Winkel des Hauses folgte seiner Phantasie dieses Etwas: Jetzt war es ein Ding ohne Gesicht und hatte doch Augen, damit zu sehen; dann wieder war es ein Schatten seiner selbst; und dann, siehe! es war das Abbild des toten Trödlers, zu neuem Leben erweckt, voll Schlauheit und Hass.

Manchmal warf er mit einer starken Willensanstrengung einen Blick auf die offene Tür, die immer wieder seine Augen zurückzuweisen schien. Das Haus war hoch, das Glasfenster im Dach klein und schmutzig, der Tag war trübe von Nebel; und das Licht, das bis zum Erdgeschoss herunterdrang, war außerordentlich schwach und dämmerte nur auf der Schwelle des Ladens. Und doch – hing nicht in jenem Streifen von zweifelhafter Helle ein schwankender Schatten?

Plötzlich begann draußen auf der Straße ein sehr munter aufgelegter Herr mit einem Stock an die Ladentür zu klopfen; er begleitete seine Schläge mit Rufen und Neckereien, in denen der Name des Trödlers fortwährend vorkam.

Markheim erstarrte zu Eis und warf einen Blick auf den Toten.

Aber nein – der lag ganz stille, er war weit außer Hörweite diesem Klopfen und Rufen entronnen; er war tief unter Meere von Schweigen gesunken; und sein Name, den er einstmals durch heulenden Sturmwind hindurch gehört haben würde, war ein leerer Schall geworden.

Plötzlich ließ der muntere Herr von seinem Klopfen ab und entfernte sich.

Dies war ein deutlicher Wink, schnell zu erledigen, was noch zu tun übrigblieb: diese ihn anschuldigende Nachbarschaft zu verlassen, sich in das Londoner Treiben der Menge wie in ein Bad zu stürzen und auf der anderen Seite des Tages den Hafen der Sicherheit und anscheinender Unschuld zu erreichen: sein

Bett. Ein Besucher war gekommen – jeden Augenblick konnte ein anderer folgen und hartnäckiger sein. Die Tat vollbracht zu haben und trotzdem nicht den Nutzen einzuheimsen, das wäre ein zu grässlicher Fehlschlag. Des Trödlers Geld, darauf hatte Markheim es jetzt abgesehen; und das Mittel, zu diesem Gelde zu gelangen, waren die Schlüssel.

Er sah über seine Schulter weg nach der offenen Tür, wo noch immer der Schatten lauerte und schwankte; sein Verstand war sich keines Widerstrebens bewusst, aber in seinen Gedärmen verspürte er ein Unbehagen, als er sich der Leiche seines Opfers näherte. Der menschliche Charakter der Leiche war ganz verschwunden: Wie alte Kleider, die halb mit Kleie ausgefüllt waren, lagen die Glieder ausgestreckt auf dem Fußboden, der Rumpf war gekrümmt. Trotzdem hatte das Bild etwas Abstoßendes für ihn. Obwohl es so erbärmlich und kümmerlich anzusehen war, fürchtete er sich, es anzurühren. Er fasste den Leichnam an den Schultern und legte ihn auf den Rücken. Er war merkwürdig leicht und geschmeidig, und die Glieder nahmen die seltsamsten Lagen an, wie wenn sie gebrochen wären.

Dem Gesicht war jeder Ausdruck genommen; aber es war so bleich wie Wachs und um die eine Schläfe herum gräulich mit Blut beschmiert.

Dies war für Markheim der einzige unangenehme Umstand. Er versetzte ihn augenblicklich in seiner Erinnerung zu einem gewissen Ferientag in einem Fischerdorf zurück: ein grauer Tag, ein pfeifender Sturm, ein Menschengedränge auf der Straße, das Geschmetter von Blechmusik, das Rollen von Trommeln, die näselnde Stimme eines Moritatensängers. Und in all diesem Getöse ging ein Junge hin und her, in der Menge verschwindend, halb voll Neugier, halb voll Furcht, bis er auf den Hauptplatz des Jahrmarktes kam und dort eine Bude und einen großen Vorhang mit scheußlich gezeichneten, in grellen Farben gemalten Schildereien erblickte: die Brownrigg mit ihrem Lehrling; die Familie Manning mit ihrem ermordeten Gast Weare mit der Mörderfaust Thurtells an der Kehle – und noch ein Dutzend anderer berühmter Verbrechen.

Er sah es so deutlich wie ein Bild vor sich, er war wieder jener kleine Junge; er sah wieder und mit der gleichen Empfindung körperlichen Abscheus auf diese gemeinen Sudeleien; er war noch immer betäubt von dem Bumbum der Pauken. Eine Melodie, die die Musik an jenem Tage gespielt hatte, kam ihm wieder ins Gedächtnis – und in diesem Augenblick übermannte ihn zum ersten Mal eine Übelkeit, wie wenn er sich erbrechen müsste, eine plötzliche Schwäche der Glieder, die er augenblicklich besiegen musste.

Er hielt es für klüger, diesen Erwägungen ins Gesicht zu sehen, als vor ihnen zu fliehen; er musste dem Toten ins Antlitz blicken, er musste seinen Verstand zwingen, sich der Art und Größe seines Verbrechens bewusst zu werden.

Vor einer so kurzen Weile erst hatte dieses Gesicht sich bei jedem Wechsel der Empfindung bewegt; dieser bleiche Mund hatte gesprochen; dieser Körper hatte von lenkbaren Energien geglüht; und jetzt, und zwar durch seine Tat, war dieses Stück Leben zum Stillstand gebracht worden, wie der Uhrmacher den Pendelschlag einer Uhr anhält, indem er seinen Finger ausstreckt.

So sprach er zu seinem Verstande, aber vergeblich; er konnte in seinem Bewusstsein keine Reue mehr erwecken; dasselbe Herz, das vor den gemalten Bildern von Verbrechen geschauert hatte, sah ungerührt auf die Wirklichkeit. Höchstens fühlte er einen Schimmer von Mitleid, nein, für einen Menschen, dem vergeblich alle jene Gaben verliehen waren, die die Welt zu einem Zaubergarten zu machen vermögen – für einen, der niemals gelebt hatte und jetzt tot war. Aber Reue – nein, keine Spur!

Und so schüttelte er alle diese Erwägungen von sich ab. Er fand die Schlüssel und ging auf die offene Türe des Ladens zu. Draußen hatte es heftig zu regnen begonnen, und das Prasseln des Regenschauers hatte das bisherige Schweigen verscheucht.

Wie eine Tropfsteinhöhle waren die Gemächer des Hauses von einem unaufhörlichen Widerhall durchrauscht, der das ganze Ohr füllte und sich mit dem Ticken der Uhren mischte. Und als Markheim sich der Tür näherte, war es ihm, wie wenn er eine Antwort auf seine eigenen vorsichtigen Schritte hörte: die Schritte eines anderen Fußes, der die Treppe hinaufging. Der Schatten schwankte immer noch über der Stelle. Er wälzte einen zentnerschweren Entschluss auf seinen Muskeln und zog die Tür an sich.

Das schwache neblichte Tageslicht schien dämmerig auf den leeren Flur und die Treppe; auf die blankgeputzte Ritterrüstung, die mit der Hellebarde in der Hand auf dem Treppenabsatz stand; auf die dunklen Holzschnitzereien und eingerahmten Gemälde, die an den gelben Brettern der Treppenwand hingen.

So laut klang das Prasseln des Regens durch das ganze Haus, dass Markheims Ohr eine ganze Anzahl verschiedener Abtönungen unterschied: Fußtritte und Seufzer, das Aufstampfen von Regimentern, die in der Ferne marschierten, das Klirren von Geldmünzen auf einem Zahltisch, das Knarren von Türen, die sich in ihren Angeln bewegten – dies alles schien sich mit dem Prasseln der Regentropfen gegen die Glaskuppel und mit dem Rauschen des Wassers in den Dachröhren zu vermischen.

Das Gefühl, dass er nicht allein sei, wurde so stark in ihm, dass es ihn beinahe wahnsinnig machte. Auf allen Seiten war er von gespenstigen Wesen umringt und eingeschlossen. Er hörte, wie sie sich in den oberen Zimmern bewegten; vom Laden her hörte er, wie der Tote sich auf seine Beine stellte; und als er mit großer Anstrengung die Treppe zu ersteigen begann, da flohen Füße leise vor ihm her und folgten ihm verstohlen. Wenn er nur taub wäre, dachte er bei sich selber, wie ruhig würde dann seine Seele sein!

Und dann horchte er wieder mit immer frischer Aufmerksamkeit und pries sich selber glücklich wegen dieses rastlosen

Sinnes, der auf Vorposten stand und als zuverlässige Schildwache sein Leben behütete.

Fortwährend wandte sein Kopf sich zurück; seine Augen, die aus ihren Höhlen hervorzuquellen schienen, spähten nach allen Seiten und machten zur Belohnung auf allen Seiten halbe Entdeckungen, wie wenn da etwas Namenloses verschwände. Die vierundzwanzig Stufen bis zum ersten Stock hinauf waren ein vierundzwanzigfacher Todeskampf.

In diesem ersten Stockwerk standen die Türen halb offen: Drei Türen waren es, wie drei Hinterhalte, die ihn wie mit Kanonenschlünden bedrohten. Er fühlte, dass er niemals wieder sich vor beobachtenden Menschenaugen hinreichend gesichert und beschützt fühlen würde; er sehnte sich danach, zu Hause zu sein, von Wänden umschlossen, unter Betttüchern begraben, unsichtbar für alle, außer für Gott.

Und bei diesem Gedanken wunderte er sich ein wenig: Er erinnerte sich an Geschichten von anderen Mördern und von der Angst, die sie, wie man sagte, vor himmlischen Rächern gehabt haben sollten. Dies war wenigstens bei ihm nicht der Fall: Er fürchtete die Naturgesetze, die unerbittlichen und unwandelbaren, die einen Schuldbeweis seines Verbrechens bestehen lassen würden. Zehnmal mehr aber fürchtete er, mit einer sklavischen, abergläubischen Furcht, dass bei ihm eine Ausnahme von den menschlichen Erfahrungen stattfinden könnte: eine willkürliche Abweichung der Natur von ihren Gesetzen.

Er spielte ein Spiel, wobei es auf Geschicklichkeit ankam: Er verließ sich dabei auf die Regeln, berechnete die Wirkungen aus den Ursachen – wie nun, wenn die Natur plötzlich die festgesetzte Form zerbräche, wie jener mattgesetzte Tyrann die Schachfiguren zusammenwarf? So war es Napoleon gegangen – die Geschichtsschreiber behaupteten es –, als der Winter zu einer Zeit eintrat, die nicht naturgemäß war. So konnte es Markheim ergehen: Die festen Wände konnten durchsichtig werden und sein Tun enthüllen, wie man das Treiben der Bienen in einem gläsernen Stock beobachtet; die starken Planken konnten unter seinem Fuß nachgeben wie Triebsand und ihn in ihrer Umklammerung festhalten.

Ja, auch alltäglichere Ereignisse konnten ihn vernichten: Das Haus zum Beispiel könnte zusammenstürzen und ihn zum Gefangenen an der Seite seines Opfers machen; oder das Nebenhaus konnte in Brand geraten und die Feuerwehr von allen Seiten in das Mordhaus eindringen. Solche Dinge fürchtete er – und diese Dinge konnten in gewissem Sinne die Hände Gottes genannt werden, die sich nach dem Sünder ausstreckten. Aber um Gott selber machte er sich keine Sorgen: Sein Tun war ohne Zweifel außerordentlich, aber außerordentlich waren auch seine Entschuldigungen, und die kannte Gott. Vor Gott, nicht vor den Menschen, fühlte er sich der Gerechtigkeit sicher.

Als er endlich glücklich in das Wohnzimmer gelangt war und die Tür hinter sich geschlossen hatte, fühlte er eine Erleichterung seiner Unruhe. Das Zimmer hatte ganz kahle Wände, hatte auch keinen Teppich; Holzkisten und wunderlicher Hausrat standen herum: Verschiedene große mehrteilige Spiegel, in denen er sich in verschiedenen Stellungen erblickte, wie einen Schauspieler auf der Bühne; viele Gemälde, gerahmte und ungerahmte, standen mit den Bildseiten gegen die Wand gelehnt; ein schöner Sheraton-Tisch, ein eingelegter Holzschrank und ein großes altes Bett mit Gobelinvorhängen.

Die Fenster gingen nach dem Flur hinaus; aber ein großer Glücksfall hatte es gefügt, dass die unteren Läden geschlossen waren, so dass die Wohnungsnachbarn ihn nicht sehen konnten.

So schob Markheim denn nun eine Holzkiste vor den Schrank und begann unter den Schlüsseln zu suchen. Es war ein zeitraubendes Geschäft, denn die Schlüssel waren zahlreich; es war auch eine unangenehme Arbeit – denn schließlich war der Schrank vielleicht leer, und die Zeit drängte. Aber die angestrengte Beschäftigung machte ihn nüchtern. Aus den Augenwinkeln blickte er nach der Tür, von Zeit zu Zeit drehte er sich sogar ganz herum, wie ein belagerter Feldherr, dem daran liegt, sich von dem guten Zustande seiner Verteidigungswerke zu überzeugen. Aber in Wirklichkeit war er ruhig. Der Regen, der draußen auf der Straße fiel, klang natürlich und angenehm. Plötzlich wurde in der Wohnung nebenan auf einem Klavier ein Weihnachtslied gespielt, und viele Kinderstimmen sangen die Weise und die Worte. Wie feierlich, wie tröstlich tönte die Melodie! Wie frisch waren die jugendlichen Stimmen!

Markheim lauschte ihnen lächelnd, während er die Schlüssel versuchte, und in seinem Geiste erwachten verwandte Gedanken und Bilder: Kinder, die in die Kirche gingen, und feierlicher Orgelton; Kinder in Wald und Feld, Badende an einem Bach, Ausflügler im Heidekraut, die Papierdrachen im Winde zu dem Himmel emporsteigen ließen, über denen die Wolken segelten. Und dann, als ein anderer Choral gesungen wurde, fühlte er sich wieder in die Kirche versetzt, in die Schläfrigkeit eines Sommersonntags, und er hörte die wohlklingende hohe Stimme des Pfarrers, deren er sich mit einem leisen Lächeln erinnerte, und er sah die bemalten jakobaischen Grabmäler und die verwischte Schrift der Zehn Gebote an der Kanzel.

Und wie er so saß, geschäftig und zugleich geistesabwesend, gab es ihm plötzlich einen Stoß, und er sprang auf. Ein eiskalter Hauch, ein feuerheißer Hauch blies ihn an; ihm war, wie wenn ein Blutstrom über ihn hinwegginge, und bewegungslos entsetzt stand er da: Ein Schritt kam langsam und fest die Treppe hinauf; dann legte sich eine Hand auf den Türknopf, und das Schloss klinkte, und die Tür öffnete sich.

Angst hielt Markheim wie in einem Schraubstock, was er zu erwarten hatte, wusste er selber nicht: Ob der Tote zu ihm hereinkäme, oder die amtlichen Diener menschlicher Gerechtigkeit, oder ob irgendein zufälliger Zeuge blindlings erschiene, ihn zum Galgen zu befördern. Aber als ein Gesicht sich zur Türspalte hineinschob, sich im Zimmer umsah, einen Blick auf ihn warf, nickte und lächelte, wie zum freundlichen Erkennungszeichen, und dann wieder verschwand, und wie die Tür sich wieder hinter ihm schloss – da siegte die Angst über seine Selbstbeherrschung und er stieß einen heiseren Schrei aus.

Auf diesen Schrei kehrte der Besucher wieder um.

»Riefen Sie mich?«, fragte er freundlich, und mit diesen Worten trat er in das Zimmer ein und schloss die Tür hinter sich.

Markheim stand da und starrte ihn an. Vielleicht lag ein Schleier vor seinen Blicken – aber die Umrisse des Neugekommenen schienen sich zu verändern und zu schwanken wie die der Götzenbilder in dem flackernden Kerzenlicht im Laden; manchmal dachte er, er kenne ihn; manchmal dachte er, er habe eine gewisse Ähnlichkeit mit ihm selber; aber immer und immer lag wie ein Klumpen lebendig gewordener Angst in seiner Brust die Überzeugung: Dieses Wesen ist nicht von der Erde und ist nicht von Gott.

Und doch hatte das Geschöpf ein seltsam alltägliches Aussehen, als es so dastand und Markheim mit einem Lächeln ansah. Und als er weiter fragte: »Sie suchen wohl nach dem Gelde, denke ich mir?« – da geschah dies in dem Tone landläufiger Höflichkeit.

Markheim antwortete nicht.

»Ich möchte Sie warnen«, fuhr der andere fort. »Das Dienstmädchen hat ihren Bräutigam zeitiger als für gewöhnlich verlassen und wird bald hier sein. Wenn Herr Markheim in diesem Hause gefunden würde, so brauche ich ihm die Folgen nicht auszumalen.«

»Sie kennen mich?«, rief der Mörder.

Der Besucher lächelte und sagte:

»Sie sind seit langer Zeit ein Liebling von mir; ich habe Sie lange beobachtet und oft Ihnen zu helfen versucht.«

»Wer sind Sie?«, rief Markheim. »Der Teufel?«

»Wer ich auch immer sein mag«, versetzte der andere, »hat nichts mit dem Dienste zu tun, den ich Ihnen zu leisten beabsichtige.«

»O doch! Es hat damit zu tun! Mir von Ihnen helfen lassen? Nein, niemals! Nicht von Ihnen! Sie kennen mich noch nicht; Gott sei Dank, Sie kennen mich nicht!«

»Ich kenne Sie«, antwortete der Besucher mit einem gewissen freundlichen Ernst, aber fest, »ich kenne Sie bis in Ihre Seele hinein.«

»Mich kennen! Wer kann mich kennen? Mein Leben ist nur ein Mummenschanz, ein Spott über mich selbst. Ich habe gelebt, um meine Natur zu belügen, das tun alle Menschen; alle Menschen sind besser als die Verkleidung, die um sie herumwächst und sie erstickt. Sie sehen jeden Menschen vom Leben davongeschleppt, wie einen, den Banditen gepackt haben und dessen Stimme sie in einem Mantel ersticken. Wenn die Menschen selber bestimmen könnten – wenn sie ihre Gesichter sehen könnten, dann würden sie ganz anders sein: Wie Helden und Heilige würden sie strahlen! Ich bin schlimmer als die meisten: Über meinem eigentlichen Ich liegt eine dickere Schicht; meine Rechtfertigung kennen ich und Gott. Aber hätte ich die Zeit, ich könnte auch mich so zeigen, wie ich wirklich bin.«

»Mir?«, fragte der Besucher.

»Ihnen vor allen!«, erwiderte der Mörder. »Ich nahm an, Sie wären klug, ich dachte – da Sie nun einmal vorhanden sind –, Sie würden sich als ein Leser menschlicher Herzen bewähren. Und doch wollten Sie mich nach meinen Handlungen beurteilen! Bedenken Sie: nach meinen Handlungen! Ich wurde geboren und lebte in einem Lande von Riesen; Riesen haben mich an den Handgelenken geschleift, seit jenem Augenblick, da meiner Mutter Schoß mich gebar, und Sie wollten mich nach meinen Handlungen beurteilen! Aber können Sie denn nicht in mein Inneres blicken? Können Sie nicht verstehen, dass Böses mir verhasst ist? Können Sie nicht in meinem Inneren die deutliche Handschrift des Gewissens sehen, die niemals durch willkürliche Sophisterei verwischt wurde, obgleich ich sie oft genug unbeachtet ließ? Können Sie nicht in mir etwas erkennen, was sicherlich in der ganzen Menschheit angetroffen werden muss: den Sünder wider Willen?«

»Das ist alles sehr gefühlvoll ausgedrückt«, war die Antwort, »aber es geht mich nichts an. Diese Fragen nach den Zusammenhängen liegen außerhalb meines Bereiches, und ich mache mir nicht das Geringste daraus, durch welchen Zwang Sie vielleicht fortgerissen wurden. Für mich kommt es nur darauf an, dass es in der rechten Richtung geschieht. – Aber die Zeit entflieht. Das Dienstmädchen versäumt sich: sieht den Leuten unterwegs in die Gesichter, gafft die Bilder in den Schaufenstern an – sie kommt aber doch immer näher. Und bedenken Sie: Es ist, wie wenn der Galgen selbst durch die weihnachtlichen Straßen zu Ihnen heranschreitet! Soll ich Ihnen helfen, ich, der alles weiß? Soll ich Ihnen sagen, wo Sie das Geld finden können?«

»Um welchen Preis?«, fragte Markheim.

»Ich biete Ihnen diesen Dienst als Weihnachtsgeschenk an.«

Markheim musste unwillkürlich in einer Art von bitterem Triumph lächeln.

»Nein!«, rief er. »Ich will nichts aus Ihren Händen empfangen! Wenn ich verdursten sollte und Ihre Hand den Becher an meine Lippen setzte, ich würde trotzdem den Mut finden, ihn zurückzuweisen. Es mag beschränkt sein – aber ich werde nichts tun, um mich dem Bösen hinzugeben.«

»Ich habe nichts gegen eine Reue auf dem Totenbett«, bemerkte der Besucher.

»Weil Sie eine solche Reue für unwirksam halten!«, rief Markheim.

»Das will ich nicht sagen; aber ich sehe diese Dinge von einer anderen Seite an, und wenn das Leben aus ist, hört mein Interesse auf: Der Mensch hat in seinem Leben mir gedient, unter dem Vorwande, der Religion Unheil zu stiften, oder – wie Sie – Unkraut unter den Weizen zu säen, indem Sie schwächlich Ihren Wünschen nachgeben. Wenn der Mensch seinem Ende so nahe ist, kann er mir nur noch einen einzigen Dienst leisten: bereuen, lächelnd sterben und dadurch die ängstlichen unter meinen am Leben bleibenden Dienern in Zuversicht und Hoffnung bestärken. Ich bin kein so harter Herr. Versuchen Sie es mit mir. Nehmen Sie meine Hilfe an! Lassen Sie sich's im Leben wohl sein, wie Sie es bis jetzt getan haben; lassen Sie es sich noch mehr wohl sein, setzen Sie sich mit breiten Ellbogen an den Tisch des Lebens! Und wenn die Nacht hereinbricht und die Vorhänge zugezogen werden, dann werden Sie – ich sage Ihnen dies zu Ihrem Troste – es sogar leicht finden, den Zwist mit Ihrem Gewissen beizulegen, sich zu ducken und Ihren Frieden mit Gott zu machen. Ich komme gerade jetzt von einem solchen Totenbett: Das Zimmer war voll von aufrichtig trauernden Menschen, die des Mannes letzten Worten lauschten; und als ich in dieses Gesicht sah, das kieselhart sich jedem Erbarmen verschlossen hatte, da fand ich lächelnde Hoffnung darauf.«

»Und halten Sie mich denn wirklich für so ein Geschöpf?«, rief Markheim. »Glauben Sie denn, ich habe kein edleres Streben, als zu sündigen und zu sündigen und zu sündigen und zu guter Letzt mich in den Himmel zu schleichen? Mein Herz empört sich bei dem Gedanken. Sind dies denn wirklich Ihre Erfahrungen, die Sie mit der Menschheit gemacht haben? Oder nehmen Sie solche Gemeinheit bei mir an, weil Sie mich hier mit roten Händen finden? Und ist dies Verbrechen des Mordes in der Tat so ruchlos, dass es alle Quellen des Guten versiegen lässt?«

»Mord ist für mich keine Besonderheit!«, antwortete der andere. »Alle Sünden sind Mord, wie alles Leben Krieg ist. Ich sehe in euch Menschen verhungernde Seeleute auf einem Floß, die dem Hunger verschimmelte Brotrinden aus den Händen reißen und schließlich ihresgleichen essen. Ich gehe Sünden weiter nach: über den Augenblick ihrer Vollbringung hinaus, und ich finde bei allem, dass die letzte Folge Tod ist. Das hübsche Mädchen, das um eines Balles willen mit so liebenswürdiger Anmut den Willen der Mutter durchkreuzt, in meinen Augen trieft es nicht weniger sichtbar von Menschenblut als ein Mörder wie Sie. Sagte ich, ich gehe Sünden weiter nach? Ich gehe auch Tugenden nach: Sie unterscheiden sich nicht um eines Haares Breite – beide sind Sicheln für den mähenden Todesengel. Sünde, für die ich lebe, besteht nicht in einer Handlung, sondern liegt im Charakter. Der böse Mensch ist mir teuer, nicht die böse Tat, deren Früchte im Strom der Jahrhunderte sich oft vielleicht als segensreicher erweisen möchten als die der seltensten Tugenden! Und nicht, weil Sie einen Trödler ermordet haben, sondern weil Sie Markheim sind, biete ich Ihnen an, Ihnen zum Entrinnen zu verhelfen.«

»Ich will mein Herz offen vor Sie hinlegen«, antwortete Markheim. »Dieses Verbrechen, über welchem Sie mich finden, ist mein letztes. Auf meinem Wege bis zu diesem Verbrechen habe ich viele Lehren gelernt; es ist selber eine Lehre, eine ungeheuer wichtige Lehre. Bis jetzt wurde ich, innerlich mich empörend, zu dem getrieben, was ich nicht wollte: Ich war ein gehetzter, gepeitschter Fronknecht der Armut. Es gibt robuste Tugenden, die in solchen Versuchungen bestehen können; so war meine Tugend nicht: Mich verzehrte ein brennender Durst nach Genuss. Aber heute, und aus dieser Tat, trage ich Warnung und Reichtum davon – einen frischen Entschluss nicht nur, sondern auch die Macht: ich zu sein. Von nun an stehe ich in der Welt als ein freier Mann, der handeln kann, wie er will; ich beginne mich ganz verändert zu sehen – dieses Herz wird ruhig sein, diese Hände werden Gutes wirken. Irgendetwas kommt aus der Vergangenheit über mich: etwas, wovon ich an Sabbatabenden bei den Klängen der Kirchenorgel träumte – etwas, das ich ahnte, wenn ich über edle Bücher Tränen vergoss oder wenn ich als unschuldiges Kind mit meiner Mutter plauderte. Da liegt mein Leben – ich bin ein paar Jahre in die Irre gegangen, aber jetzt sehe ich wieder die Stadt meiner Bestimmung vor mir.«

»Sie gedenken dieses Geld an der Börse zu verwenden, nicht

wahr?«, bemerkte der Besucher, »und doch haben Sie, wenn ich mich nicht irre, bereits etliche Tausende verloren?«

»Ah!«, rief Markheim. »Aber diesmal habe ich was Sicheres!«

»Auch diesmal werden Sie wieder verlieren«, versetzte der Besucher ruhig.

»Oh, aber ich behalte die Hälfte zurück!«, rief Markheim.

»Auch diese werden Sie verlieren.«

Schweißtropfen rannen Markheim über die Stirn. Er rief aus:

»Nun, und was macht es denn? Möge es verlorengehen, möge ich wieder in Armut versinken – soll deshalb der eine Teil verlieren, und zwar der schlechtere bis zum Ende den besseren Teil niederdrücken? Böse und Gut, es sind beide stark in mir – jedes zieht mich auf seinen Weg. Ich liebe nicht das eine – ich liebe alles! Ich kann mir vorstellen, dass ich große Taten vollbringe, ich weiß zu entsagen, ich kann ein Märtyrer sein, und wenn ich auch so tief gesunken bin, dass ich ein solches Verbrechen, einen Mord begangen habe, so ist doch Mitleid meinen Gedanken nicht fremd. Ich habe Mitleid mit den Armen, wer kennt ihre Nöte besser als ich? Ich habe Mitleid mit ihnen, helfe ihnen; ich schätze Liebe hoch; ich liebe ehrliches, fröhliches Lachen; es gibt auf Erden nichts Gutes oder Wahres, das ich nicht von ganzem Herzen liebte. Und sollten nur meine Laster mein Leben bestimmen, sollten meine Tugenden wirkungslos daliegen, wie ein unnützer Plunder des Geistes? O nein! Auch aus Gutem entspringen Handlungen.«

Aber der Besucher hob seinen Zeigefinger hoch und sagte:

»Sechsunddreißig Jahre lang, die Sie auf dieser Welt gelebt haben, durch viele Wechsel des Glückes und durch mannigfaltige verschiedene Stimmungen hindurch habe ich Sie beobachtet, wie Sie beständig immer tiefer gesunken sind: Vor fünfzehn Jahren würden Sie vor den Gedanken an einen Diebstahl zurückgeschaudert sein; vor drei Jahren würden Sie gestutzt haben bei dem Klange des Wortes ›Mord‹. Gibt es ein Verbrechen, gibt es eine Grausamkeit oder eine Niedrigkeit, vor der Sie noch zurückschrecken? In fünf Jahren werde ich Sie durch Ihre Taten überführen! Abwärts, abwärts führt Ihr Weg, und nichts als der Tod vermag Sie anzuhalten.«

»Es ist wahr«, sagte Markheim mit dumpfer Stimme. »Ich habe mich zum Mitschuldigen des Bösen gemacht. Aber so ist es mit allem: Sogar Heilige werden, bloß dadurch, dass sie leben, weniger bedenklich und nehmen den Ton ihrer Umgebung an.«

»Ich will Ihnen eine einfache Frage vorlegen«, sagte der andere, »denn aus Ihrer Antwort will ich Ihnen Ihr moralisches Horoskop stellen: Sie sind in manchen Dingen schlaffer geworden; möglicherweise haben Sie recht, dass Sie so sind; und jedenfalls ist es mit allen Menschen ebenso. Aber dies zugegeben – sind Sie in irgendeiner, wenn auch noch so unbedeutenden Besonderheit in Bezug auf Ihre eigene Aufführung schwerer zufriedenzustellen oder lassen Sie alles mit loserem Zügel gehen?«

»In irgendeiner Besonderheit?«, wiederholte Markheim in angstvoller Nachdenklichkeit. »Nein!«, rief er dann voll Verzweiflung. »In keiner! Ich bin in allen Dingen gesunken!«

»Dann begnügen Sie sich mit dem, was Sie sind – denn Sie werden sich niemals ändern, und die Worte Ihrer Rolle, die Sie auf dieser Bühne zu spielen haben, stehen unwiderruflich niedergeschrieben!«

Markheim stand eine lange Weile schweigend. Der Besucher war der Erste, der dieses Schweigen brach:

»Da es nun einmal so ist – soll ich Ihnen das Geld zeigen?«

»Und Gnade?«, rief Markheim.

»Haben Sie sich damit versucht?«, erwiderte der andere. »Sah ich Sie nicht vor zwei oder drei Jahren auf der Plattform bei Versammlungen der ›Erweckten‹? Und war nicht Ihre Stimme die lauteste beim Gesang des Chorals?«

»Es ist wahr«, sagte Markheim, »und ich sehe jetzt klar und deutlich, welchen Weg zu gehen mich die Pflicht weist. Ich danke Ihnen von ganzer Seele für diese Lehren; meine Augen sind geöffnet, und ich sehe endlich selber, wozu ich da bin.«

In diesem Augenblick klang die Türglocke schrill durch das Haus; wie wenn dies ein verabredetes Zeichen gewesen wäre, auf das er gewartet hätte, änderte der Besucher sofort seine Haltung.

»Das Dienstmädchen!«, rief er. »Sie ist nach Hause gekommen, wie ich es Ihnen vorher gesagt hatte, und jetzt liegt noch eine schwierige Aufgabe vor Ihnen: Sie müssen sagen, ihr Herr sei krank; mit ruhiger, dabei aber ziemlich ernster Miene müssen Sie sie einlassen – kein Lächeln, keine Übertreibung, und ich bürge Ihnen für den Erfolg! Ist das Mädchen einmal drinnen, ist die Tür geschlossen, so wird dieselbe Geschicklichkeit, mit der Sie den Trödler auf die Seite geschafft haben, auch diese letzte Gefahr aus Ihrem Wege räumen. Dann haben Sie den ganzen Abend vor sich – die ganze Nacht sogar, wenn's nötig sein sollte –, um die Schätze des Hauses zu plündern und sich in Sicherheit zu bringen. Hilfe kommt zu Ihnen in Gestalt von Gefahr! Auf!«, rief er. »Auf, Freund! Ihr Leben liegt in dieser Waagschale zitternd: Auf, und handeln Sie!«

Markheim sah seinen Ratgeber mit einem festen Blick an; dann sagte er:

»Sollte ich dazu verdammt sein, Böses zu tun, so steht mir noch eine Tür zur Freiheit offen: Ich kann aufhören zu handeln. Ist mein Leben ein übles Ding, ich kann es von mir tun. Wenn ich auch, wie Sie richtig sagen, in jeder kleinen Versuchung unterliege, so kann ich doch, kraft einer entschlossenen Tat, mich ihnen allen entziehen. Meine Liebe zum Guten ist zur Fruchtlosigkeit verdammt; das ist möglich, und mag es so sein! Aber ich habe noch meinen Hass gegen das Böse; und aus diesem Hass – Sie werden es zu Ihrer bitteren Enttäuschung sehen – kann ich Tatkraft und Mut setzen!«

Im Antlitz des Besuchers ging eine merkwürdige und liebliche Veränderung vor sich: Es leuchtete auf und wurde sanft in einem zärtlichen Triumph – und in diesem Aufleuchten verschwand und verflüchtigte sich die Gestalt.

Aber Markheim wartete nicht, um diese Verwandlung zu bemerken oder zu begreifen. Er öffnete die Tür und ging ganz langsam die Treppen herab und dachte dabei an sich selber: Seine Vergangenheit sah er mit klaren Augen vor sich; er sah sie, wie sie war – hässlich und unruhig wie einen Traum, willkürlich wie einen Zufalls-Mischmasch –: ein verfehltes Leben.

Ein Leben, wie er es in diesem Augenblick erkannte, führte ihn nicht länger in Versuchung; aber am jenseitigen Ufer erblickte er einen ruhigen Hafen für sein Schifflein.

Er blieb im Gang stehen und sah in den Laden hinein, wo immer noch die Kerze neben dem Leichnam brannte. Es war seltsam still. Gedanken an den Trödler umschwärmten seinen Sinn, als er so dastand und auf die Leiche sah. Und dann schrillte wieder die Türglocke ungeduldig, laut.

Er trat dem Dienstmädchen auf der Schwelle mit einem halben Lächeln entgegen und sagte zu ihr:

»Sie tun gut, die Polizei zu holen: Ich habe Ihren Herrn ermordet.«

Emmy Ball-Hennings

König Salomos Zepter und die Krone der Königin von Saba

Die Glocken von Poppi begannen das Weihnachtsfest einzuläuten. Mit ihren warmen, feierlichen Klängen riefen sie die Gläubigen zur Christmette. Von allen Nachbarglocken wurde die Einladung freudig beantwortet. Eine Glocke schien der andern zuzurufen: »Klinge mit mir. Es ist Weihnachten. Das Christkind ist geboren worden.« Alsbald begann wieder eine Glocke zu läuten, und noch eine, bis alle zusammen in der Runde erklangen. Die Glocken von Bibiena, von Magiena, von Camaldoli und von Picco della Verna, dazu noch die kleinen Glocken von den Kapellen. Es war ein wundersames Läuten und Klingen, das man überall in den Tälern und auf den Bergen vernahm.

Zu Farneta, einer kleinen Ortschaft, die an der Bergstraße nach Camaldoli liegt, war um diese Stunde die Familie des Bauern Marucci vollzählig in der großen Küche am Kamin versammelt, in dem ein lustiges Feuer prasselte. Ja, dieser gemütliche Kaminwinkel musste schon recht geräumig sein, um die zahlreiche Familie, groß und klein, aufnehmen zu können. Man saß hier, eng aneinandergeschmiegt, auf einer großen Rundbank, plaudernd unter der Riesenkappe des Kamins, während in einem mächtigen Kupferkessel, der an langer Eisenkette überm Feuer hing, die Kastanien kochten.

Hier saß also am wärmsten Platz im Winkel die Großmutter Marucci, von Kindern und Kindeskindern umgeben, und weil man in der Toscana die Großmutter ›Regina‹, das heißt Königin, nennt, wollen auch wir ihr diesen Titel geben, während die Kleinen ihr Großmütterchen meistens ›Nonna‹ rufen. Die Regina war schon fünfundsiebzig Jahre alt, aber noch sehr rüstig, und, wie sich von selbst versteht, von der ganzen Familie wurde sie geliebt. Groß und Klein begegnete ihr mit der zärtlichsten Fürsorge und Hochachtung, die man ja allen, besonders aber älteren Menschen erweisen muss. Da der alte Vater Marucci schon vor einigen Jahren gestorben war, vertrat der älteste Sohn, Maso, als Haupt der Familie seinen seligen Vater. Er führte vor allem den landwirtschaftlichen Betrieb.

Die Maruccis hatten ein Bauerngut in Pacht, mit dem nicht gar viel Reingewinn zu erzielen war, das aber die große Familie doch recht und schlecht ernähren konnte. Es kostete viel Mühe, dem etwas dürftigen Boden das Nötige zum Leben abzuringen, aber die Marucci waren bescheidene Leute, dankbar und zufrieden, wenn sie keinen Hunger leiden mussten. Und dies war nicht nötig, da es genug fleißige Hände zum Schaffen gab. Sogar die größeren Kinder halfen in den Ferien und ein wenig in der schulfreien Zeit bei den Feldarbeiten. Die alte Regina hatte fünf Söhne, die alle bis auf den jüngsten verheiratet waren. Der jüngste, Cecco mit Namen, war soeben vom Militärdienst nach Hause gekommen, und jetzt saß er neben den andern am Kamin, noch in der schmucken Uniform der Artillerie.

Da waren die Frauen der vier Brüder, brave Bäuerinnen in ihren netten, dunklen Kirchgangskleidern, über die sie Schürzen aus gestreiftem Baumwollstoff trugen. Da hockte das muntere Rudel der fünfzehn Enkelkinder und wartete darauf, dass die Kastanien bald gar sein würden. Für gewöhnlich wurden die Kinder zeitig ins Bett geschickt, weil sie schon früh am Morgen aufstehen mussten, da sie einen weiten Schulweg hatten. Am Heiligen Abend aber wurde eine Ausnahme gemacht. Da durften die Kinder aufbleiben. Den größeren wurde sogar erlaubt, mit den Erwachsenen in die Mitternachtsmesse zu gehen, während die ganz kleinen daheim bei der Großmutter blieben, die so schöne Geschichten zu erzählen wusste, die sie als Kind selbst von ihrer Großmutter gehört hatte. Da gab es Sagen und Märchen, Legenden und Träume, die sich seit Jahrhunderten von Mund zu Mund, von Geschlecht zu Geschlecht fortpflanzten. Schön ist es, wenn die Vergangenheit wie ein freundlicher

Gruß in die Gegenwart ragt und immer weitergegeben wird. Auf diese Weise entsteht der Märchenbrunnen, aus dem das Volk gern schöpft und aus dem auch wir jetzt schöpfen werden.

Oh, wie die Kinder lauschten, wenn die Regina zu erzählen begann! Wie die Kleinen sich an sie schmiegten! Heute Abend würden wahrscheinlich alle Kinder daheimbleiben, weil viel Schnee gefallen war. San Fedele, die Klosterkirche, lag noch eine gute Stunde weit, und im hohen, frisch gefallenen Schnee wäre es für die Kinder kaum möglich gewesen, vorwärts zu kommen, zumal der Weg ziemlich steil war. Noch ein wenig höher als San Fedele lag das Schloss von Poppi, das mit seinem mächtigen Rundturm in der ganzen Gegend von allen Seiten erblickt werden konnte.

Noch immer läuteten die Glocken, und am Kamin wurde erwogen, wie es wohl diesmal mit dem Kirchgang sein würde. Einige Frauen meinten, es sei beinahe zu kalt, vielleicht doch ein wenig zu unbehaglich, sich mitten in der Nacht ins Freie zu wagen. Die Kinder jedoch protestierten einstimmig: »Wenn aber doch heute das Christkind geboren ist, müssen wir hingehen, ob es draußen schneit oder nicht. Wenigstens einige von uns müssen in der Kirche sein. Wenn alle nicht gehen wollten, würde das Christkind so gut wie allein in der Krippe liegen. Wir wollen es ansehen gehen.«

»Schon recht«, entgegnete eine der Mütter, »ihr wisst wohl, dass es mit dem Ansehen allein nicht getan ist, wenn nicht das Herz selbst die Krippe ist, in dem das heilige Kind am liebsten wohnt. Ihr könnt morgen zur Messe gehn, wenn es draußen hell sein wird. Wenn es sich heute Nacht recht ausschneit, haben wir vielleicht morgen klares Sonnenwetter.«

»Es ist aber auch schön, wenn die Sterne scheinen und wir mitten in der Nacht zur Kirche gehen dürften«, wagte die zwölfjährige Annina einzuwenden.

»Es ist aber nicht sternklar heute Nacht.«

»Hat der liebe Gott denn nicht den Bethlehemsstern heute

Nacht ausgehängt?« So fragte der vierjährige Michael, der freilich wohl ahnte, dass man ihn nicht mitnehmen würde, doch wollte er gerne wissen, wie es in der Weihnachtsnacht zugeht.

»Du bist ja selbst ein Sternlein, Michelino«, scherzte Gabriela, Michaels sechsjähriges Schwesterchen. Sie zog ihr Brüderlein an sich und fuhr ihm mit der Hand spielerisch in sein blondes Kraushaar.

»Sag, Mammina, ist's wahr, dass ich ein Stern bin? Bin ich denn nicht Michelino?«

»Beides bist du«, wurde ihm von allen Seiten versichert, und wie zum Beweis sangen ihm die Kinder ein kleines Weihnachtslied vor, in dem immer wieder ein Refrain vorkam, der besonders lieblich aus Kindermund erklang: »Stern, der mich den Sternen ähnlich macht.«

Als die Kinder ihr Liedlein beendet hatten, stand Maso von seinem Platz auf, um draußen vor der Haustür einmal nach dem Wetter zu sehn. Ein eisiger Wind fegte zur Küche herein, und Maso kam rasch wieder zurück.

»Der Schnee friert sogar. Mir scheint, das ist kein Wetter, um auf den Berg zu steigen. Der Schneefall hat freilich nachgelassen. Aber der Himmel ist dickgrau wie Radiergummi.« Die Kinder lachten. Für die Frauen aber war es an der Zeit, sich einig zu werden, ob man den Kirchgang wagen solle oder nicht.

Carola, so hieß die Frau des Maso, meinte resolut: »Nein, wir Erwachsenen gehen auf alle Fälle. Soll man sich vor der Kälte fürchten, wenn man nur einmal im Jahr zur Christmette geht? Fürchten wir uns vielleicht vor der Hitze im Hochsommer, wenn es gilt, das Korn einzubringen? Wir müssten uns vor uns selber schämen, wenn wir hier sitzenbleiben wollten. Also los, beeilen wir uns! Giovanni und Pierino können mitgehen, und das kleine Gelichter bleibt bei der Nonna.« Wenn die energische Frau Carola etwas anordnete, gab es selten Widerspruch, und die jüngeren Schwägerinnen zeigten sich stets nachgiebig. In einer so großen Familie, wo eines so nahe neben dem andern ist, kann nicht jeder nach seinem eigenen Kopf handeln, vielmehr muss jeder Einzelne mehr an alle als an sich selbst denken. Wie Maso die Aufsicht über die Feldarbeiten hatte, so hatte Carola die Leitung des Haushalts übernommen. Die Schwägerinnen, sowie auch die vielen Kinder, hatten sich der Hausordnung Frau Carolas zu fügen, die jedoch ihr Amt nie zur Herrschsucht missbrauchte, da sie gewissenhaft auf das Wohl sämtlicher Hausgenossen bedacht war.

Während nun Carola die Kastanien vom Feuer nahm, rasch den Tisch deckte, den Kindern die Kastanien austeilte, hatten sich die andern Frauen in den ersten Stock begeben, um Tücher, Rosenkränze, Hüte und Gebetbücher zu holen. Cecco blieb in der Kaminecke sitzen, die Holzschüssel mit den Kastanien neben sich auf der Bank. Carola fragte ihn: »Nun, Cecco, was ist mit dir? Willst du nicht mitkommen?«

»Nein, ich möchte hierbleiben. Ich werde morgen früh mit den Kindern in die Messe gehen. Schau, Carola, ich war so lange nicht daheim und möchte bei der Mutter bleiben, um von ihr wieder einmal die Geschichte von König Salomo und der Königin Saba zu hören.«

»Gut, mach nur, wie du willst«, entgegnete Carola.

»So, da seid ihr ja schon marschbereit. Nina, hast du mir mein dickes Tuch mitgebracht? Nun, ihr seid ja gehörig eingemummelt. Man möchte meinen, wir seien Nordländer, weil ihr euch bis an die Nasenspitze in Wolle einpackt.«

Alles lachte, während die Frauen sich noch eilig die Schürzentaschen mit warmen Kastanien anfüllten. Die Männer trugen in dieser im Winter recht rauen Gegend große hohe, braune Hüte, die mit dickem grünen Flanell gefüttert waren, während die Frauen schwere, befranste, an den Rändern mit bunten Blumen bedruckte Tücher trugen, die groß und lang wie Mäntel waren.

Dann endlich erfolgte der Aufbruch. »Addio, Mammina, Addio, Babbo, grüßt das Christkind. Sagt ihm, wir kommen morgen. Gleitet nicht auf dem Wege aus! Kommt bald wieder! Dürfen wir aufbleiben, bis ihr zurückkommt?« So rief es durcheinander.

»Jajaja, macht, wie ihr wollt. Unterhaltet euch gut und bleibt brav. Auf Wiedersehn alle miteinander. Auf Wiedersehen.«

Cecco, dem es gefiel, jede freie Stunde neben seiner Mutter zu weilen, setzte sich neben sie, nahm zärtlich ihre welke Hand in seine beiden kräftigen Hände und sagte dann nach einer kleinen Pause: »Oh, Mammina, weißt du noch, als du meinen Geschwistern und mir zum ersten Mal die Geschichte vom König Salomo erzählt hast? Damals war ich noch ein kleiner Junge. Es kommt mir vor, als wäre es gar nicht so sehr lange her. Und doch … Wie viel hat sich inzwischen geändert!«

»Das kann man wohl sagen«, entgegnete die Mutter leise seufzend, »damals lebte dein Vater noch, und die Brüder waren noch nicht verheiratet, und die vielen Kleinen waren noch nicht da. Ja, wir meinen euch, ihr kleines Volk.«

»Und wo waren wir denn, als ihr so allein wart?«, erkundigte sich der kleine Michael.

»Ja, darüber wollen wir heute Abend nicht sprechen, das führt ein bisschen zu weit«, gab die Nonna zurück.

»Ja, und jetzt sind wir ja auch da, und drum erzähle uns jetzt die Geschichte. Bitte, liebe gute Nonna, lass dich nur nicht zu lange bitten.«

»Bewahre, ihr habt ganz recht«, sagte die Nonna, »denn wenn ich zu spät beginne, werden wir an diesem Abend sicher nicht fertig. Ihr müsst wissen, dass es eine lange Geschichte ist. Ob sie sich buchstäblich genau so zugetragen hat, wie ich sie berichten werde, weiß ich nicht, zumal ich selbst nicht dabei gewesen bin. Nur vom Hörensagen weiß ich noch davon.

Vor vielen, vielen Jahren wurde einmal in unserer Gegend, in Montecornioli, ein Greis mit langem Haupthaar und mit einem schlohweißen Bart gesehn, der dem Manne bis zum Gürtel reichte. Bekleidet war der Fremde mit einem seidenen Kapuzenmantel, und auf dem Kopfe soll er einen recht bunten Turban aus kostbarem bunten Stoff getragen haben. Er kam geritten auf einem weißen Maulesel. Ein schwerbeladener, doch völlig mit weißem Segeltuch bedeckter Wagen folgte ihm. Dieser Wagen wurde von fünf Männern, die Lanzen trugen, begleitet, und die Lanzenträger duldeten nicht, dass jemand sich dem Wagen näherte. Dem Wagen folgte noch ein Mann, der auch einen Kapuzenmantel trug, doch war er alles in allem viel einfacher gekleidet als der Anführer des Zuges. Ihr könnt euch wohl vorstellen, wie erstaunt die Leute von Montecornioli waren, die ja ohnehin den lieben langen Tag über nicht grad viel Neues zu sehen bekommen. Leider ließen sich die wunderlichen Fremdlinge nicht ansprechen und also auch nicht nach dem Woher und Wohin befragen. Die Montecornioler konnten dem Aufzug nur höchst verdutzt nachsehen, und es hat sich nur feststellen lassen, dass die seltsame Karawane bergan strebte und in der Nähe des Gipfels, offenbar innerhalb einer Höhle, mit Wagen und Maulesel und dem ganzen Drum und Dran verschwunden war. Gut, das war das. Ja, jetzt wussten die Dorfbewohner etwas Neues, und auch wiederum nicht genug Neues. Den ganzen Abend über saß man vor den Haustüren, um sich über die höchst rätselhafte Erscheinung zu unterhalten. Man hatte ja nicht die leiseste Ahnung, was das alles zu bedeuten hatte. Man zerbrach sich vergeblich den Kopf, aber das gefiel denen von Montecornioli nicht übel.

Am nächsten Morgen gingen manche sogleich vors Haus, nur um zum Berggipfel hinanzusehen. Die herrliche Sonne sahen sie freilich jeden Tag hinter den Bergen am Himmel emporsteigen, aber dieses schöne Morgenwunder war es nicht allein, das die Augen der Leute fesselte. Nein, es war noch etwas anderes. Nämlich mitten in den Strahlen der Frühsonne, genau an jener Stelle, an der tags zuvor die merkwürdige Erscheinung verschwunden war, erblickte man ein kleines Haus, ein richtiges Haus mit Fenstern, Türen, sogar mit einem Schornstein auf dem Dach, kurzum, ein Haus, und zwar eines, das niemals vorher da gewesen war. Das war hingewundert. Wie hingeträumt lag es da, und alle Leute rieben sich die Augen, kniffen sich in den Arm, gaben sich sogar gegenseitig kleine Ohrfeigen, nur um sich zu vergewissern, dass sie nicht träumten. Sie rüttelten und schüttelten sich, um sich allenfalls wach zu bekommen, aber sie waren wach und blieben wach. Und das Haus blieb sicher stehen, wo es stand. Man sah deutlich, die Läden waren geschlossen, und um das Haus herum war den ganzen Tag über kein menschliches Wesen zu erblicken. Und am nächsten Tag war es genau dieselbe Geschichte. Man versäumte viel Zeit in Montecornioli, und wer nur wenige Minuten Zeit hatte, benutzte diese sicherlich, um zum Berghaus hinanzustarren, weil man der Meinung war, es würde genau so plötzlich verschwinden, wie es entstanden war. Das Haus blieb aber stehen, wo es stand.

Das konnte nicht mit rechten Dingen zugehen. Man wagte sich nicht recht hinauf, man hatte ein bisschen Angst. Mit dem Mundwerk war man weniger ängstlich, und sehr bald hatte sich die Wundergeschichte in der ganzen Gegend verbreitet. Die Leute von Poppi und Bibiena ließen die Heuernte im Stich, um sich in Montecornioli sorglich über die näheren Umstände des Zauberhauses unterrichten zu lassen, doch wusste einer genauso wenig wie der andere. Da blieb denn freilich nichts anderes übrig als hinaufzusteigen, um wenigstens das Haus einmal in der Nähe zu betrachten. Wie geplant, so ausgeführt. Vielleicht zwölf beherzte Männer und Burschen machten sich auf den Weg, doch als sie an das Haus kamen, fanden sie es verschlossen. Man klopfte bescheiden an die Tür, aber niemand rief: »Herein!« Die Neugierigen legten ihr Ohr an das Schlüsselloch und glaubten das feine Klirren von Münzen zu hören. Auch wähnte man Stimmen in einer leider unverständlichen Sprache zu vernehmen. Da man nichts in Erfahrung bringen konnte, tastete man wenigstens die Mauern des Hauses ab und stellte fest, dass es solide gebaut war wie jedes andere Haus, das zu errichten aber wenigstens einige Monate Arbeit in Anspruch genommen hätte. Ja, und dies hier war in einem Augenblick entstanden. Die Einwohner von Romena und Carvecchio kamen, die von Stia und die von Algo, aus der ganzen Umgebung kam man hinauf; doch niemandem gelang es, in das Haus zu dringen, und Gewalt anzuwenden wagte man nicht. Da man nun doch nicht hinter das Geheimnis kommen konnte, ließ man es allmählich auf sich beruhen und gewöhnte sich an den Anblick des Wunderhäuschens.

Als der Winter ins Land zog, lag das Haus, wenn auch recht eingeschneit, noch immer an gleicher Stelle. Man sprach zwar noch manchmal davon, doch war man sich darüber einig geworden, das Rätsel nicht eigenmächtig ergründen zu wollen.

Nur einen gab es im Dorf, den die Neugierde nicht zur Ruhe kommen ließ und der für sich beschloss, der Sache auf den Grund zu gehen. Es war Turno, ein kühner Bursche von siebzehn Jahren, der einzige Sohn einer braven Witwe, der zusammen mit seiner Mutter ein bescheidenes Bauernhaus in Montecornioli bewohnte. Es braucht wohl kaum erwähnt zu werden, dass Turno seiner Mutter von seinem Vorhaben kein Sterbenswörtchen sagte. Die brave Frau wäre sicherlich nicht damit einverstanden gewesen, dass ihr Turno, noch dazu in einer mondlosen, völlig dunklen Nacht sich zum einsamen Geisterhaus hinbegab. Nein, die Mutter, die tagsüber genug in Haus und Stall zu tun hatte, schlief fest und ruhig, als Turno leise das Haus verließ. Er hatte sich ein Laternchen, Licht und Streichhölzer mitgenommen. Um die Hüften hatte er sich ein Seil gebunden in der Annahme, er würde es brauchen können. Im Gürtel hing ihm ein großes, starkes, handfestes Krummesser. So ausgestattet, machte sich Turno auf den Weg.

Es war wahrlich kein Vergnügen, sich in stockfinsterer Nacht den Wind um die Ohren wehen zu lassen. Im Wald schlugen die dürren Zweige der entlaubten Bäume wie klappernde Knochen aneinander, aber jetzt konnte Turno es sich nicht leisten, Angst zu haben. Wer A sagt, muss auch B sagen. Das begonnene Unternehmen, sei es auch noch so ungemütlich, musste ausgeführt werden. Als Turno nach beschwerlichem Wege endlich am Ziel war, blickte er zunächst wie alle andern mit einem Auge durchs Schlüsselloch. Die Nacht schien im Häuschen genauso finster zu sein wie draußen. Turno probierte es mit dem andern Auge, doch dieses vermochte auch nicht mehr als sein Brüderchen zu erkennen. Es kam dem Turno vor, als habe er noch nie eine so pechschwarze Nacht gesehen wie diese. Nur das Klimpern der Münzen klang ihm recht gemütlich und verführerisch in die Ohren. Da wird Geld gezählt, dachte sich Turno, und sicherlich wird es sich hier nicht nur um Rappen handeln, sondern um Franken, wenn nicht gar um Gold. Da begann Turno die Geldzähler um ihre angenehme Beschäftigung zu beneiden. Da er sich aber nicht traute, die Tür aufzubrechen, ja, nicht einmal anzuklopfen wagte, schwang er sich geschickt auf das Dach des niedrigen Hauses und versuchte hier von oben durch den Schornstein zu blicken. Er bemerkte einen schwachen Lichtschein, der nur die Asche im Kamin erhellte. Das war wenig genug. Es lässt sich leicht denken, dass es auch sonst oben auf dem Dach, wo der Wind von allen Seiten wehte, alles andere als behaglich war; aber da er es ja nicht anders gewollt hat, kann man wenig Mitleid für ihn aufbringen. Oder geht es einem von euch etwa besser? Turno kauerte sich an einer Stelle des Schornsteins nieder, wo es ihm vorkam, als bliese der Wind nicht gar so grausam, und in dieser Position gedachte er abzuwarten. Er sagte sich: »Einmal werden die Geldzähler wohl auch müde und müssen zu Bett gehen, wie es bei ordentlichen Leuten üblich ist. Sobald dies geschehen ist und sie eingeschlafen sein werden, will ich mein Seil um den Schornstein schlingen, mich durch den Kamin hinabgleiten lassen, und dann werde ich mit dem Geldzählen an der Reihe sein. Es muss gewiss eine sehr hohe Summe sein, da die Zählerei kein Ende nehmen will. Nun, man muss auch warten können, wenn man es zu etwas bringen will.«

Turno wartete und wartete, fühlte sich allmählich trotz der großen Kälte schläfrig, und war schon nahe am Einnicken.

Da plötzlich wurde er von einem strahlend hellen Licht überrascht, das von unten aus dem Schornstein heraufstieg, und beinahe in derselben Minute erschien vor Turnos erstaunten Augen eine helle Gestalt, die er des strahlenden Lichtes wegen nicht gleich erkennen konnte. Alsbald jedoch sah er die Erscheinung in der Luft schweben. Turno, starr vor Verwunderung, hielt den Atem an. Oh, so etwas Schönes hatte er in seinem ganzen Leben noch nicht gesehen! Ein Engel war es, ein wunderschöner Engel in einem schneeweißen Gewand, das aus Flor und Duft gewoben schien, während die großen Flügel vor lauter Licht in den zartesten Farben zu beben schienen. Da Turno, von diesem Anblick völlig benommen, dem herrlich schwebenden Engel nachsah, der sich in die Nacht verlor und doch die Nacht so freundlich erhellend, hatte er nicht bemerkt, wie in rascher Folge eine ganze Schar dieser wundersamen Lichtvögel aufgetaucht war, die in verschiedene Richtungen den Dörfern zuflogen. Ein unsagbar feines, melodienreiches Klingen und Singen drang an Turnos Ohr. Es war das Hosianna der Engel, das er vernahm.

Oh, sollte man nicht annehmen, dass Turno, nachdem er so etwas Liebliches hatte erblicken dürfen, sein bedenkliches Vorhaben nunmehr aufgeben würde? Leider, leider hatte Turno gar nicht daran gedacht, dass es die Christnacht war, die er sich für sein vorwitziges Tun ausgesucht hatte. Dies zwar nicht absichtlich, aber als er die Engel sah, fiel ihm gleich die Heilige Nacht ein, in der das Christkind doch auch für Turno wie für alle Menschen einmal geboren wurde. Ja, es fiel ihm schon ein, doch verscheuchte er den Gedanken. Er wollte nicht den beschwerlichen Weg umsonst gemacht haben, wollte durchaus seine Neugierde, wo möglich auch seine Habsucht befriedigen. Er hörte nicht auf die Stimme des Gewissens, die zugleich die Stimme unseres Schutzengels ist. Wie gut wäre es gewesen, wenn er der leisen Mahnung gefolgt hätte. Er aber hörte nur auf die Verlockung des

Bösen, das uns meistens viel einschmeichelnder und angenehmer klingt als das Gute, das sich nur schlicht äußert.

Nun aber, sehen wir zu, wie die Geschichte weitergeht. Kaum waren die Engel Turnos Blicken entschwunden, als er auch schon sein Seil am Schornstein festband, und bei seiner großen Geschicklichkeit war es ihm ein Leichtes, in das Innere des Häuschens zu gelangen. Unten angekommen, zündete er sich zunächst sein Laternenlicht an und hielt Umschau. Er befand sich in einem erstaunlich großen Raum, dessen Weite und Breite in keinem Verhältnis zur Kleinheit des Hauses stand, wie man es von draußen sah. War das Haus nur eine Täuschung? War es nur ein Vorbau, der zu viel größeren Räumen führte? Im ersten Raum war nichts von Geld zu entdecken. Nirgends war ein Tisch oder ein Stuhl, nichts, was an eine menschliche Behausung erinnern konnte. Von der Decke herab hingen viele Eiszapfen, gleich Kristallen aneinandergereiht, doch konnte Turno nicht darüber ins Klare kommen, ob dies natürliche Eiszapfen oder edle Steinkristalle waren. Der kostbare Schimmer jedoch verwirrte ihn, und ein starkes Verlangen nach Reichtum und Glanz stieg in seiner Seele auf. Dennoch versagte er sich, einen der Kristalle zu berühren, obwohl er die Herrlichkeit mit seinen Händen hätte erreichen können.

Da er zunächst die Räume zu erforschen gedachte, öffnete er eine Tür, durch die er in die eigentliche Höhle des Berges gelangte. Er durchschritt einen schönen, hell erleuchteten Saal, und es ließ sich nicht feststellen, woher das Licht kam. Weil der Saal vollkommen leer war, hielt Turno sich hier nicht auf, sondern ging weiter, durch eine zweite Tür hindurch, und kam in einen Saal, der noch heller war als der vorige. Und hier nun sah Turno auf einem Throne jenen Greis in tiefem Schlafe sitzend, der seinerzeit den seltsamen Zug von Montecornioli angeführt hatte. Turno begann an allen Gliedern zu zittern. Er befürchtete, der alte Mann könne erwachen und ihn, Turno, als einen frechen Eindringling zur Rede stellen. Turno zog daher seine Schuhe aus, um beim Gehen nur ja kein Geräusch zu verursachen. Er bemühte sich sogar, auf den Zehenspitzen zu gehen, schlich sich zu den vielen Truhen, die nebeneinander nahe den Wänden aufgestellt waren. Jede Truhe hatte einen mit schmalen Goldleisten eingefassten Glasdeckel, so dass Turno schon von außen sehen konnte, was ungefähr die Truhen an Schätzen bergen mochten. Das war natürlich sehr angenehm, dass man sofort Überblick hatte, doch war diese Einrichtung nicht etwa Turnos wegen angebracht worden, aber das hätte ich wohl kaum zu sagen brauchen. Ja, hier krimmelte und wimmelte es nur so von Glanz und Geschmeide, und Turno mit seinen einzigen zwei Augen hatte wahrhaftig genug zu tun, diesen schier unmenschlichen Reichtum, der hier aufgestapelt war, zu bewältigen. Mein Gott, was war da alles beisammen! Die Damen von zwanzig königlichen Hochzeiten hätten sich mit diesem Schmuck zieren können und hätten dann immer noch zu viel gehabt. Da gab's Broschen mit köstlichen Steinen, die in sämtlichen Regenbogenfarben leuchteten, Ringe mit Steinen, die wie Blitze funkelten. Edelsteine, die wie Sonnen strahlten, Sonnen von unermesslichem Werte. Halsbänder aus Türkisen und Korallen, Armbänder, die an das reine Licht des Mondes erinnerten, Perlen, die wie Tautropfen auf Blumen in der Frühsonne schimmern, kurzum, es war unbeschreiblich schön, und was die Fülle der Kleinodien anbetraf, war gar kein Ende abzusehen. Zwei Truhen erregten die besondere Aufmerksamkeit Turnos. Die eine war mit nussgroßen Saphiren ausgelegt. An der Innenwand war in geschliffenen Türkisen der Name ›Salomo‹ zu lesen. Auf dem Boden der Truhe lag auf dunkelrotem Sammetkissen ein Zepter aus edelstem Golde und mit den herrlichsten Edelsteinen besetzt. In der andern Truhe lag auf rosafarbenem Sammetkissen eine märchenhaft schöne Goldkrone, deren sieben hohe Zacken mit Smaragden besetzt waren. Turno stand wie geblendet vor diesem Traum von Schönheit.

Er hatte von frühester Kindheit an ein recht ärmliches Leben geführt. Er hatte, wie dies ja bei Bergbewohnern oftmals vorkommt, auch schon Hunger gelitten. Und jetzt sah der arme Bursche so viele Kostbarkeiten hier ausgebreitet, von denen vielleicht der Erlös eines Armbandes genügt hätte, um zeitlebens niemals Not zu leiden. Wenn man nur ein paar Stücke zu Geld machen könnte, so dachte Turno, wie viele arme Menschen würde man beglücken können! Turno warf einen scheuen Blick auf den schlafenden Greis, der indessen nicht im Entferntesten ans Erwachen zu denken schien. Gestorben war er jedenfalls nicht, denn Turno vernahm seine tiefen, regelmäßigen Atemzüge. Da überlegte Turno es sich nicht länger, ging zu einer der Truhen, hob mühelos den Deckel empor und griff eine Handvoll Edelsteine heraus, die er in die Tasche gleiten ließ. Dann überlegte er sich, ob er noch einen zweiten Griff wagen solle, ließ es aber bei dem einen bewenden, und so ging er bei seinem Diebstahl wenigstens mit einer gewissen Bescheidenheit vor.

So, jetzt würde alle Not mit einem Schlage ihr Ende erreicht haben. Die Mutter konnte von nun an in Samt und Seide gehn, konnte einen Federhut tragen, wenn sie Verlangen danach trug, aber wir werden später sehen, ob Turnos Mutter Lust auf Federhüte und Sammetkleider hatte, die noch dazu von gestohlenem Gut herrührten. Ein paar himmelblaue Steine an einer feinen Goldkette machten Turno den Eindruck, als hätten sie nichts dagegen, mitgenommen zu werden, und drum ließ er diese, und noch ein paar Goldringe dazu, in die andere Tasche gleiten. Vielleicht, man möchte es hoffen, geschah dies weniger aus Habsucht, als um das richtige Gleichgewicht auf beiden Seiten herzustellen. Dann aber verließ Turno, etwas rascher, als er gekommen war, den Saal, den tüchtigen Wächter in tiefem Schlafe zurücklassend. Da gab's natürlich kein Lebewohl und Auf Wiedersehn.

Kaum war Turno auf dem Dache angelangt, als er in der Luft abermals die vielen Engel schweben sah, aber ihr zartes »Hosianna« ging ihm diesmal sehr zu Herzen. Die Engel bewegten sich fliegend auf das Häuschen zu, und am liebsten hätte Turno die geraubten Sachen wieder an Ort und Stelle gebracht. Schon begann er seine Tat zu bereuen, doch hielt ihn eine falsche Scham zurück, das Unrecht wiedergutzumachen. Er fürchtete, die Engel könnten ihn auf dem Dache bemerken, und als er das Rauschen der Flügel vernahm, sprang er eilends hinab. Er stolperte beim Hinabspringen, fiel, stand auf und fiel abermals. Er spürte eine Schwäche in den Gliedern, als sei er schwerkrank. Seine Schuhe hatte er im Saal der Kostbarkeiten vergessen, und so musste er auf den Socken den Heimweg antreten. Eisigkalt war es ihm an den Füßen, aber noch kälter im bedrängten Herzen. Mehr tot als lebendig kam er nach drei Uhr in der Nacht daheim an. Die Mutter hatte indessen keinen rechten Schlaf finden können, weil sie in großer Sorge um ihren Sohn war. Da sie, als sie ihn kommen hörte, ihn im Hausflur empfing, fiel ihr zwar nicht auf, dass er keine Schuhe an den Füßen trug, doch sah sie beim matten Schein des Kerzenlichtes sein verstörtes Gesicht.

»Turno, sag mir einmal, wo du heute Nacht gewesen bist«, fragte die Mutter in strengem Ton.

»In der heiligen Messe«, entgegnete Turno kurz.

»Dass du nicht die Wahrheit sagst, wirst du selbst am besten wissen«, erwiderte die Mutter.

»Ich weiß nur, dass ich müde bin und schlafen muss. Lass mich in Ruh', Mutter. Gute Nacht.«

»Ja, gute Nacht, sehr gute Nacht sogar, und guten Morgen wird man dir auch gleich wünschen können.«

Darauf antwortete Turno nicht, sondern ging sofort in seine Kammer, wo er das Licht anzündete. Dann machte er sich daran, im Winkel des Zimmers einen Ziegelstein aus dem Fußboden herauszuheben, unter dem er die geraubten Kostbarkeiten verbarg. Nachdem er dies mit viel Mühe vollbracht hatte, legte er sich ins Bett. Er war zwar todmüde von der großen Anstrengung, doch ließ ihn sein unruhiges Gewissen trotzdem nicht schlafen. Einmal sagte er sich: »Ich habe eine schlechte Tat begangen«, dann wieder war eine Stimme in ihm, die ihm beschwichtigend vorgaukelte: »Nein, das ist gar nicht schlimm, was du gemacht hast. Man wird kaum merken, dass ein paar Steine fehlen, und du kannst sie brauchen. Kauf dir nur gleich nach Weihnachten ein paar flotte Schuhe, einen hellgrauen Anzug, einen eleganten Kalabreserhut und ein buntes Seidenhalstuch. Aber vorher musst du nach Florenz gehen, um ein paar Steine zu verkaufen. Sollst mal sehen, was du für einen Haufen Geld dafür einlösen wirst.« Mit solchen Gedanken schlief er endlich ein. Im Traume aber erschienen ihm die Engel, die ihn tiefbetrübt und vorwurfsvoll ansahen.

Ihr werdet wahrscheinlich erraten können, wer am nächsten Morgen in der Kirche von Montecornioli bei keiner Messe anzutreffen war und wer sich bis zum Nachmittag überhaupt nicht entschließen konnte, sich im Dorfe blicken zu lassen. Sollte euch das Raten schwerfallen, kann ich noch hinzufügen, dass der Betreffende keine Schuhe an den Füßen hatte, sondern am ersten Feiertag in ziemlich ausgetretenen Zoccoli (Holzpantoffeln) spazieren gehen musste. Ja, ganz recht, das war kein anderer als unser Turno, der abermals heimlich das Haus verließ, da seine Mutter sich in die Vesper begeben hatte. Sie ahnte schon, dass mit ihrem Jungen etwas Besonderes los war, doch wollte sie ihm Zeit lassen, sich auf das Rechte zu besinnen. Sie hoffte, er würde von selbst zu ihr kommen, ihr anvertrauen, wenn er etwas Schlimmes angerichtet haben sollte.

Als Turno im Begriff stand, einen Gang ins Freie zu unternehmen, begegneten ihm ein paar Kinder, die sich über das Weihnachtsfest unterhielten. Er hörte, wie sie einander erzählten, es seien in allen Häusern Engel da gewesen, die besonders den Armen reichliche Geschenke gebracht hätten. Die Engel seien von oben, vom Berge herab, gekommen, aus der Gegend, wo das Wunderhäuschen stünde. Da wusste Turno genug. Er ging schnurstracks dem Walde zu, um nur keinem Menschen zu begegnen. Oh, wie er sich schämte! Er hatte sich an den Gaben, die für die Armen bestimmt waren, vergriffen, und das tat ihm sehr leid. Wie war es nur möglich, diese böse Tat wiedergutzumachen? Und in welch üblen Ruf würde die arme Mutter kommen, wenn sein abscheuliches Unrecht bekannt wurde? Turno wagte gar nicht, sich das auszudenken, und fühlte sich doch gezwungen dazu. Bis gegen Mitternacht irrte er im Walde umher, ohne auch nur Hunger oder Durst zu empfinden.

Da er sich endlich entschloss, nach Hause zu gehen, hörte er plötzlich über sich in den Bäumen ein Rauschen wie von Flügeln. Er blickte hinauf und erstarrte fast vor Schreck, als eine ungeheuer große Fledermaus mit feurigen Augen ihm erschien und ihn ansprach: »Höre, Turno, du hast dem Teufel einen großen Dienst erwiesen, indem du die Juwelen und das Gold aus dem Häuschen gestohlen hast. Wisse denn, dass es sich um den Schatz des Königs Salomo und den der Königin von Saba handelt, unermessliche Schätze, die bei der Zerstörung Jerusalems durch Engel und fromme Menschen gerettet und in Sicherheit nach Montecornioli gebracht worden sind. Die Engel durften frei über die Kostbarkeiten verfügen, doch nur unter der Bedingung, dass nichts davon entwendet wird. Nun aber, da du dieses getan hast und die Engel auf keinen Fall mehr nach Montecornioli zurückkehren können, will der Feind alles Guten dich hoch belohnen. Der Teufel selbst gestattet dir, nach Belieben in die Höhle zurückzukehren und dir anzueignen, was immer dir zu nehmen gefallen wird. Sogar das Zepter des Königs Salomo und die Krone der Königin von Saba sollen dein eigen sein, wenn du fortan nur dem Bösen treu bleiben wirst.«

»Nein! Nein! Nein!« So schrie Turno laut auf, sank in die Knie und machte das Segenszeichen des Kreuzes, worauf das Ungetüm von Fledermaus, wie vom Blitz getroffen, auf die Erde fiel, die sich sofort öffnete, so dass ein tiefes Loch entstand, in dem die Fledermaus spurlos verschwand, während das tiefe Loch noch heutigentags zu sehen ist, und jedermann, der hier vorbeigeht, gibt acht, dass er nicht hineinfällt.

Als Turno zu seiner Mutter kam, war diese über sein elendes Aussehen so erschrocken, dass sie tiefes Mitleid mit ihrem Sohne empfand. Er indessen war nicht fähig, auf ihre teilnehmenden Fragen zu antworten. Er war offensichtlich schwer erkrankt. Verwirrt und fiebernd musste er sich ins Bett legen. Die Mutter ließ sogleich den Arzt rufen. Der aber konnte ihm nicht helfen, denn der Körper war nur krank, weil vor allem Turnos Seele krank war. Doch wurde dies nicht sogleich erkannt, und so blieb der arme Turno wochenlang ohne Hilfe, nur von seiner Mutter treu gepflegt.

In dieser Zeit soll man auf dem Gipfel von Montecornioli zwei Dämonen gesehen haben, die als beflügelte Ungeheuer jeden Abend und wahrscheinlich die ganze Nacht hindurch ihr Wesen getrieben haben. Wer sich in die Nähe des Wunderhäuschens wagte, wurde durch einen widrigen Schwefelgeruch beinahe erstickt. Es ließ sich kaum mehr atmen in dieser Gegend. Die Kunde von der Erscheinung der Dämonen wurde dem Abte von Camaldoli, dem frommen Romuald, gebracht, der gemeinsam mit einigen Mönchen sich an den verrufenen Ort begab, um durch Aussegnung der ganzen Gegend den Bösen Geist zu bannen. Doch alles Segnen half leider nicht viel. Es wurden Fasten und Gebete der ganzen Gemeinde auferlegt, was für die Leute eine gute Übung war, aber die Dämonen ließen sich dadurch nicht verscheuchen.

Turno lag so schwer krank, dass die Mutter ihn am Ende seines Lebens glaubte. Sie ließ daher einen Priester kommen, der ihn durch eine gute Beichte und durch die heilige Kommunion mit dem lieben Gott versöhnen sollte. Es war ein Bruder aus dem Kloster von Camaldoli, der die Gnadengabe besaß, sofort den Zustand Turnos zu erkennen. Kaum hatte Turno eine reumütige Beichte abgelegt und das geraubte Gut unter die Armen verteilt, als er auch schon völlig gesund wurde. Danach soll er eine Pilgerfahrt nach Verna gemacht haben, wo er drei Tage über unablässig im Gebete verblieb. Ferner, so erzählt man, soll er die

Madonna von San Fedele besucht und danach noch einen Bußgang nach Camaldoli unternommen haben. Hier, im Kloster von Camaldoli, ist er als Laienbruder aufgenommen worden, und als solcher hat er sein ferneres Leben in großer Frömmigkeit verbracht. Einen Teil der Juwelen legte Turno zu Füßen des Altares bei der Gottesmutter von San Fedele nieder. Das Halsband und das Diadem, das Unsere Liebe Frau an hohen Festtagen schmückt, soll aus dem Schatze jenes sagenhaften Wunderhäuschens stammen. Die Dämonen hat man seit jener Zeit nie wieder gesehen, aber leider die lieben Engel auch nicht mehr, und darum sieht es auch jetzt mit den Weihnachtsgeschenken recht dürftig aus.

»Schade, wie schade!«, seufzten die Kinder im Kaminwinkel, die der Erzählung gelauscht hatten.

»Ja, das ist wirklich schade«, gab die Nonna zu, »es wird sicherlich den Engeln selbst leidtun, dass sie nicht mehr kommen dürfen.«

»Sie können doch auch ohne Geschenke kommen«, meinte Michael. »Wenn ein kleiner Engel kommt, der noch spielen mag, darf ich ihm dann meinen Ball schenken? Weil doch Weihnachten ist. Ich habe zwei Bälle. Darf ich wohl einen weggeben, Nonna?«

»Gewiss, mein Liebling, aber gib ihn nur dem Nachbarskind, dem kleinen Tittino. Dann freut sich der Engel noch mehr, als wenn er ihn selbst bekäme.«

Nicola, ein pfiffiges Bürschlein von zehn Jahren, ergriff das Wort: »Nonna, du erzählst schon gut, aber ich kann doch nicht recht an deine Geschichte glauben.«

»Ich glaube auch nicht daran«, erklärte Francesca, ein fünfjähriges Mädelchen, das auf dem rechten Knie des Onkels Cecco saß, während Michael sich auf dem linken platziert hatte.

»Warum glaubt ihr denn nicht an die Geschichte? Erzählt uns das doch einmal, warum nicht?«, forschte Cecco.

»Die Engel hätten es sich einfach nicht gefallen lassen dürfen, dass die braven Kinder des schlimmen Turnos wegen nichts zu Weihnachten bekommen.«

»Ja, es ist wahr. Und jetzt sind wir das ganze Jahr artig, und nicht ein einziger Engel beschenkt uns dafür.« Das war Nicolas Meinung. »So, so ist das also?«, scherzte Cecco. »Das wusste ich gar nicht, dass das Bravsein bezahlt werden muss. Das könnte für Papa und Mama eine kostspielige Angelegenheit werden, und die ganz armen Eltern, die nur Brot, Milch und Polenta haben, wären ja sehr zu bedauern, wenn sie auch noch das Geld fürs Bravsein der Kinder aufzubringen hätten.«

»So meinen wir das nicht. Nein, ganz so nicht. Aber ein kleines bisschen muss das Bravsein doch bezahlt werden. Es ist auch anstrengend, manchmal.«

»Freilich. Und gib nur acht, dass es nicht deine Kräfte übersteigt.« Alle lachten.

Dann kam die Rede auf die Dämonen, an die zu glauben die Kinder auch wenig Lust bezeigten. Die schon dreizehnjährige Julia erklärte: »Man erzählt schöne Geschichten zur Unterhaltung und zur Belehrung. Es muss nicht alles buchstäblich wahr sein. Mit den Dämonen ist auch nur das Böse gemeint, das im Menschen sein kann, und wenn er die Dämonen vor sich zu sehen glaubt, ist es vielleicht nur eine Warnung, besser auf sich achtzugeben. Wenn man betet und nichts Böses tut, geben die Engel schon acht, dass keine Dämonen kommen, nicht wahr, Nonna?«

»So ist es, Kinder. Die Engel sind um uns, auch wenn wir sie nicht sehen.«

»Gut, dass die Engel da sind«, riefen die Kinder, und in diesem Augenblick wurde die Tür geöffnet und die Familie kam aus der Kirche zurück.

Jede der Mütter hatte für jedes der Kinder ein Häuflein Anisplätzchen mitgebracht.

»Seht da unsere Engel«, rief Julia mit ihrer fröhlichen Stimme, indem sie ihre Mama dankbar umarmte.

»Und dies hier ist mein Engel«, jubelte der kleine Michael, sich glücklich an sein Mütterchen schmiegend, das ihrem Liebling einen Kuss gab und ihm gleich danach ein Anisplätzchen in den Mund schob.

Man saß noch ein Weilchen, sich am Feuer wärmend, plaudernd um den Kamin, den traulichen Frieden des Hauses genießend. Dann ging Groß und Klein schlafen, und die Kinder mögen geträumt haben von Engeln mit und ohne Flügel.

Wolfgang Borchert

Die drei dunklen Könige

Er tappte durch die dunkle Vorstadt. Die Häuser standen abgebrochen gegen den Himmel. Der Mond fehlte und das Pflaster war erschrocken über den späten Schritt. Dann fand er eine alte Planke. Da trat er mit dem Fuß gegen, bis eine Latte morsch aufseufzte und losbrach. Das Holz roch mürbe und süß. Durch die dunkle Vorstadt tappte er zurück. Sterne waren nicht da.

Als er die Tür aufmachte (sie weinte dabei, die Tür), sahen ihm die blassblauen Augen seiner Frau entgegen. Sie kamen aus einem müden Gesicht. Ihr Atem hing weiß im Zimmer, so kalt war es. Er beugte sein knochiges Knie und brach das Holz. Das Holz seufzte. Dann roch es mürbe und süß ringsum. Er hielt sich ein Stück davon unter die Nase. Riecht beinahe wie Kuchen, lachte er leise. Nicht, sagten die Augen der Frau, nicht lachen. Er schläft.

Der Mann legte das süße mürbe Holz in den kleinen Blechofen. Da glomm es auf und warf eine Handvoll warmes Licht durch das Zimmer. Die fiel hell auf ein winziges rundes Gesicht und blieb einen Augenblick. Das Gesicht war erst eine Stunde alt, aber es hatte schon alles, was dazugehört: Ohren, Nase, Mund und Augen. Die Augen mussten groß sein, das konnte man sehen, obgleich sie zu waren. Aber der Mund war offen und es pustete leise daraus. Nase und Ohren waren rot. Er lebt, dachte die Mutter. Und das kleine Gesicht schlief.

Da sind noch Haferflocken, sagte der Mann. Ja, antwortete die Frau, das ist gut. Es ist kalt. Der Mann nahm noch von dem süßen weichen Holz. Nun hat sie ihr Kind gekriegt und muss frieren, dachte er. Aber er hatte keinen, dem er dafür die Fäuste ins Gesicht schlagen konnte. Als er die Ofentür aufmachte, fiel wieder eine Handvoll Licht über das schlafende Gesicht. Die Frau sagte leise: Kuck, wie ein Heiligenschein, siehst du? Heiligenschein! dachte er, und er hatte keinen, dem er die Fäuste ins Gesicht schlagen konnte.

Dann waren welche an der Tür. Wir sahen das Licht, sagten sie, vom Fenster. Wir wollen uns zehn Minuten hinsetzen.

Aber wir haben ein Kind, sagte der Mann zu ihnen. Da sagten sie nichts weiter, aber sie kamen doch ins Zimmer, stießen Nebel aus den Nasen und hoben die Füße hoch. Wir sind ganz leise, flüsterten sie und hoben die Füße hoch. Dann fiel das Licht auf sie.

Drei waren es. In drei alten Uniformen. Einer hatte einen Pappkarton, einer einen Sack. Und der dritte hatte keine Hände. Erfroren, sagte er und hielt die Stümpfe hoch. Dann drehte er dem Mann die Manteltasche hin. Tabak war darin und dünnes Papier. Sie drehten Zigaretten. Aber die Frau sagte: Nicht, das Kind.

Da gingen die vier vor die Tür, und ihre Zigaretten waren vier Punkte in der Nacht. Der eine hatte dicke umwickelte Füße. Er nahm ein Stück Holz aus seinem Sack. Ein Esel, sagte er, ich habe sieben Monate daran geschnitzt. Für das Kind. Das sagte er und gab es dem Mann. Was ist mit den Füßen? fragte der Mann. Wasser, sagte der Eselschnitzer, vom Hunger. Und der andere, der dritte? fragte der Mann und befühlte im Dunkeln den Esel. Der dritte zitterte in seiner Uniform: Oh, nichts, wisperte er, das sind nur die Nerven. Man hat eben zu viel Angst gehabt. Dann traten sie die Zigaretten aus und gingen wieder hinein.

Sie hoben die Füße hoch und sahen auf das kleine schlafende Gesicht. Der Zitternde nahm aus seinem Pappkarton zwei gelbe Bonbons und sagte dazu: Für die Frau sind die.

Die Frau machte die blassen blauen Augen weit auf, als sie die drei Dunklen über das Kind gebeugt sah. Sie fürchtete sich. Aber da stemmte das Kind seine Beine gegen ihre Brust und schrie so kräftig, dass die drei Dunklen die Füße aufhoben und zur Tür schlichen. Hier nickten sie nochmal, dann stiegen sie in die Nacht hinein.

Der Mann sah ihnen nach. Sonderbare Heilige, sagte er zu seiner Frau. Dann machte er die Tür zu. Schöne Heilige sind das, brummte er und sah nach den Haferflocken. Aber er hatte kein Gesicht für seine Fäuste.

Aber das Kind hat geschrien, flüsterte die Frau, ganz stark hat es geschrien. Da sind sie gegangen. Guck mal, wie lebendig es ist, sagte sie stolz. Das Gesicht machte den Mund auf und schrie.

Weint er? fragte der Mann.

Nein, ich glaube, er lacht, antwortete die Frau.

Beinahe wie Kuchen, sagte der Mann und roch an dem Holz, wie Kuchen. Ganz süß.

Heute ist ja auch Weihnachten, sagte die Frau.

Ja, Weihnachten, brummte er, und vom Ofen her fiel eine Handvoll Licht hell auf das kleine schlafende Gesicht.

Joseph Viktor Widmann

Öhmchens Weihnachtsbaum

Es war kurz vor Weihnachten; Frau Hermine Öhmchen, ein rosiges Weibchen, seit vier Jahren verheiratet, erwartete ihren Gatten, der die Teestunde nicht leicht versäumte; sie saß beim Schein der Lampe am gedeckten Tisch, mit einer Stickerei beschäftigt. Die beiden Kleinen hatten ihr Abendbrot längst bekommen; sie mussten früh zu Bett und waren schon eingeschlafen. Schlag halb acht Uhr erschien Öhmchen. Aber mit verdrießlichem Gesicht trat er in die Stube und warf seine Bücher unsanft auf einen Nebentisch. Erstaunt blickte Hermine auf. »Was ist dir über den Weg gelaufen, Karl?«, fragte sie den Gatten, der sich, wie erschöpft, ihr gegenüber in einen Lehnstuhl fallen ließ.

»Ach!«, jammerte Öhmchen. »Meine Schüler; verdammte Jungen! Treiben jeden Schabernack in der Stunde, während ich ihnen den Livius einpauke. Benützen meine Kurzsichtigkeit, um in aller Stille auf den hintern Bänken Karten zu spielen; haben sogar die Tintenfässer ausgespült und dafür Malaga hineingegossen, den sie während der Stunde einander zutrinken. Natürlich musste mir die ganze Klasse bis sieben Uhr sitzen, als ich's entdeckte; ich aber saß mit ihnen! Diese Rangen …«

»Lass sie«, ermunterte Frau Öhmchen ihren Mann, »du warst, wie du mir oft erzählt hast, in deiner Jugend gerade so einer. Aber nun gib mir deine Tasse und denke nicht mehr an die Schule.«

Öhmchens Stirn glättete sich aus Gefälligkeit für seine Frau; aber der Ärger saß tief. Nachdem die Ehegatten ihr Abendessen beendigt hatten, kam daher der Konrektor immer wieder auf die bösen Schuljungen zu sprechen, bis seine Frau zuletzt ausrief: »Lieber Mann, lass uns doch lieber von unsern eigenen Jungen, die da drüben so friedlich schlummern, ein Wörtchen sprechen! In vier Tagen ist Weihnacht; wir haben noch keinen Tannenbaum bestellt. Nun steht die Bude des alten Moppliger, der schon meinen Eltern die Weihnachtsbäume geliefert, an deinem täglichen Schulweg. Wie wäre es, wenn du morgen einen Baum besorgtest, so was recht Schönes, einen großen Baum, der vom Boden bis fast an die Decke reicht, so was zu drei bis vier Franken?« »Was?«, fuhr Öhmchen auf. »Drei bis vier Franken für den Weihnachtsbaum zahlen?«

»Was hast du dagegen?«, fragte seine Gattin erstaunt. Sie hatte an ihrem Gemahl niemals die kleinste Anwandlung von Geiz bemerkt, oft sogar die Anlage zur Sparsamkeit an ihm vermisst; übrigens waren sie wohlhabende Leute, die über derartige Auslagen sonst nie ein Wort verloren.

Aber in Öhmchens Herzen saß der Groll über seine Lateinschüler und regte den friedlichen Mann zu ungewohnter Heftigkeit auf; eine unglücklicherweise in diesem Moment sich seinem Geiste vorstellende Idee nahm alsobald von ihm Besitz, und er rief: »Was ich dagegen habe, fragst du? Nun! Einfach, dass ich nicht einsehe, warum man kaufen soll, was man selbst schaffen kann.«

»Du kannst doch keine Bäume schaffen wie der liebe Gott am vierten Schöpfungstag«, antwortete lächelnd Hermine.

»Aber holen kann ich sie im Wald, selbst schneiden oder fällen, wie ich will«, erwiderte der Konrektor.

»Ich glaubte, das sei verboten«, war Herminens richtige Antwort.

Aber da gerade hatte ihr Gatte sie erwartet, um in einer prächtigen Phrase seinem innern Groll Luft zu machen.

»So?«, rief er. »Verboten. In der Tat! Es gibt derartige die Urrechte des Menschen verkümmernde Satzungen. Aber, liebes Weib! Wir leben in einer großen Zeit, deren Flügelschlag du über deinem Haupte spürst ...«

Hermine sah empor und wollte schon sagen, sie spüre nichts, als der Konrektor über die Brille weg sie zürnend anblitzte und fortfuhr: »Metaphorisch gesprochen, Hermine! Natürlich metaphorisch! Ich meine nicht, dass du den Flügelschlag spürst in physischer Sinnlichkeit …«

»Bitte! Lass solche Ausdrücke«, bemerkte Hermine errötend.

»Also, in Gottes Namen, unbildlich!«, rief der Konrektor und sprach weiter: »Der Wald gehört wie Luft und Licht zu den unveräußerlichen Lebensgütern, auf die der Mensch nach dem Naturrecht urewigen Anspruch hat. Mögen sinnlose Faselhanse wie unsere modernen Gesetzgeber ein solches Naturrecht beschränken – es bleibt doch in Bestand. Und den will ich sehen, der einen Vater zu hindern wagt, für seine Erzeugten zum Weihnachtsfest einen Tannenbaum aus dem Wald zu holen.«

»Aber Männchen …«

»Nichts da! Hermine! Hier handelt es sich um ein Prinzip.«

»Das sagst du allemal, wenn du dir etwas in den Kopf gesetzt hast.«

»Hermine! Und wenn ich, wie Schiller sagt, mein gutes Recht oben von den Sternen herablangen müsste, ich könnte nicht anders. Morgen Nachmittag ist keine Schule; da werde ich dem nächsten Forste zuschreiten zur Ausübung meines Naturrechts.«

Bei diesem Beschluss blieb's; die seufzende Hermine wusste ja schon, dass sie mit Widerspruch nichts ausgerichtet hätte. Unter diesem Eindruck verfloss ihr aber der Abend nicht besonders angenehm. Still legte sie ein Buch vor sich hin, in das sie während der Arbeit zerstreut blickte. Der Konrektor aber entwarf sich für seine Ausübung des Naturrechtes einen wahren Schlachtplan. Erste Frage: Welcher Wald? Um die Stadt herum stehen nur große Waldesriesen zum Schmuck der Promenaden. Man sollte wirklich eine Karte der weiteren Umgebungen der Stadt besitzen. Ins Notizbuch einschreiben: Morgen früh Karte in der Buchhandlung kaufen. Übrigens erinnerte sich Öhmchen, dass gleich hinter der ersten Eisenbahnstation gegen Norden vor der Stadt ein bedeutender Wald – das Schwarze Holz – sich ausdehnte. Nachsehen, wann der Eisenbahnzug abgeht.

Kein Eisenbahnbüchlein im Hause? Nein. Zweite Notiz: Eisenbahnbegleiter in der Buchhandlung kaufen. Jetzt entsteht die Frage: Womit fällt man den Baum? Messer? Beil? Säge? Vermutlich Säge. Keine im Hause. Morgen in der Eisenhandlung eine anschaffen; man braucht so was immer; am besten gleich ein ganzes Werkzeugkistchen anschaffen. Dritte Frage: Was für ein Anzug? Die schwarzen Kleider würden von dem fetten Fichtenholz – siehe Hallers *Alpen*: *Wo fetter Fichtendampf die dürren Balken schwärzt* – klebrig werden und ganz zugrunde gehen. Aber ein graues Überhemd? Hm! macht unkenntlich; ungeheuer romantisch. Notiz: Morgen früh eines anschaffen bei Naphtali, wenn er so was hat. Wird's wohl haben; hat alles. Dazu ginge gut eine kurze Forstmannspfeife – nein! nicht Forstmannspfeife; ›Forstmann‹ ist eine unangenehme Vorstellung, wenn man in den Wald geht zur Ausübung eines Naturrechts. Sagen wir einfach kurze waidmännische Holzpfeife. Furchtbar gemütlich; holländischen Knaster, Oldenkott daraus rauchen. Notiz: Beides morgen früh anschaffen. Ganz Wilddieb! Hm! Dieb, Wald, Raubmordfälle. Waffe könnte nicht schaden. Hirschfänger?

Nein, kommt einem beim Gehen zwischen die Beine. Aber beim Trödler prangt in der Auslage eine große Reiterpistole, Feuersteinschloss; interessant; hat andern Charakter als diese neuen Revolver, die ein ordentlicher Lateinprofessor nicht begreift. Karl Moor hatte eine solche Pistole im Gürtel stecken. Muss doch einmal diese Schillerschen Sachen wieder lesen. Hermine liest ohnehin. Ah! Da sind die Bände; aufs Geratewohl etwas aufschlagen: *Der Verbrecher aus verlorener Ehre*. Auch gut. Lesen wir das.

So ungefähr folgten sich die Gedanken in Öhmchens Kopf, bis das Lesen in Schillers bekannter Erzählung ihn ganz in Anspruch nahm.

Zwischen der Lektüre sah er einmal auf und sprach zu Hermine in sanftem Ton: »Was meinst du, Kind, wenn du das Spirituslämpchen anzündetest unter dem Wasserkessel? Ich möchte nicht ungern ein Glas Grog trinken.«

»Ist es dir nicht zu spät?«, wandte Hermine schüchtern ein, setzte aber zugleich das Lämpchen in Brand und holte Rumflasche, Zuckerbüchse, einen silbernen Becher, das Geschenk anhänglicher Schüler, und sonstiges kleines Zubehör, bei alledem innerlich erstaunt über dieses seltene Gelüste ihres Mannes. Öhmchen war aber schon so ganz Waldmensch geworden, dass ihm in seiner lebhaften Einbildungskraft fast vorkam, er sei den ganzen Tag im feuchten Moor herumgewandert und brauche etwas gehörig Erwärmendes; unter allen Umständen musste seiner Meinung nach so ein heißer Grog für die Unternehmung des folgenden Tages prophylaktisch wirken. Demgemäß tat er reichlich Rum in den Becher und schlürfte, immer nachgießend, manchen guten Zug des angenehmen Getränks, von dem er Herminen vergeblich anbot; Frauen nehmen in solchen Fällen aus Prinzip nichts. Unterdessen war die Stunde des Zubettgehens gekommen, der Grog hatte Öhmchen schläfrig und etwas schwerfällig gemacht. Bald herrschte tiefe Stille im Haus; die Lichter waren gelöscht, und Schlaf deckte alle Bewohner.

Die Phantasie hält sich nur bei denjenigen Begebenheiten auf, an denen das Gemüt den vollsten Anteil nimmt, und überspringt oft lange Zeitabschnitte, wenn dieselben ohne hervorragende Merkmale wie graues endloses Papier sich dehnen. So ging es Öhmchen. Der nächste Vormittag mit den gewöhnlichen Schulstunden ging ihm unbemerkt vorüber. Er konnte sich auch nicht mehr besinnen, wie er sich von Hermine verabschiedet hatte. Er ward seiner sozusagen erst bewusst, als er sich aussteigend auf der Eisenbahnstation ›Zum Schwarzen Holz‹ befand. Die bewussten Gegenstände hatte er alle bei sich, das Werkzeugkistchen in der Linken, Landkarte und Eisenbahnbüchlein in einer Rocktasche, unter die Weste geknöpft die unbequeme Pistole, die Holzpfeife im Mund – sie wollte aber nicht brennen – und das graue Überhemd unterm rechten Arm in einem Paket. Ohne sich um den auf der Station noch wartenden Zug weiter zu bekümmern, schritt Öhmchen dem winterlichen Walde zu, erpicht, sein ›Naturrecht‹ auszuüben, zugleich aber etwas ärgerlich, dass die Pfeife nicht brennen wollte. Dreimal stellte er sein Werkzeugkistchen mitten auf den Weg und holte die schwedische Schachtel hervor, deren Zündhölzchen ganz prächtig flammten, da es windstill war. Aber sobald er an der Pfeife zog – wobei er deutlich spürte, dass sie Luft hatte –, ging sie ihm immer auf unerklärliche Weise aus, und er bekam keine Ahnung von dem Oldenkott, auf den das mit Nerven begabte Kamin seines Gaumens so lüstern war.

Etwas verdrießlich hierüber, gelangte er nun vom äußern Waldsaum in den eigentlichen Wald. Niemand begegnete ihm; er warf also rasch das graue Überhemd über seine Tuchkleidung und wanderte nach einem abermals vergeblichen Versuch mit der Pfeife trotzig weiter, immer tiefer in den Forst. Endlich stand er auf einer Hügelwelle mitten im Wald; große und kleine Tannen umgaben ihn, und bald fiel sein Auge auf einen zum Weihnachtsbaum wohlgeeigneten Nadelholzwildling. Rasch machte er sich an die Arbeit, holte die funkelnde neue Handsäge aus dem Kistchen und begann kräftig zu sägen. Merkwürdigerweise kostete ihn das Sägen gar keine Mühe; dagegen machte es einen erstaunlichen, den ganzen Wald erfüllenden Lärm und wollte nie ein Ende nehmen. Nach seiner Berechnung hätte er schon die dickste Tanne durchsägen können in der Zeit, die er mit der Arbeit zubrachte. Indessen, da die Arbeit ihn durchaus nicht ermüdete, fuhr er wohlgemut fort, und der Lärm der Sägetöne, ähnlich dem Schnarchen des schlafenden Polyphem, dauerte fort. Auf einmal bekam er einen leichten Stoß an die Schulter. Verwundert sah er auf und bemerkte anfänglich niemand in der Nähe; als sich aber der Stoß wiederholte, sah er zu seinem Erstaunen, dass ein Dachshund neben ihm stand, ihn bei der Arbeit anglotzte und öfters mit der Schnauze stieß. Eigentlich kam es Öhmchen vor, es sei der Dachs eines Nachbarn. In der Vorstadt, wo Öhmchen wohnte, war nämlich der Dachs damals das klassische Tier; jeder Hausbesitzer hielt mindestens einen rotgelben Dachshund, viele aber hatten deren zwei, drei, vier. Denn da diese Hunde auch in weiblichen Exemplaren vorhanden waren, trat alljährlich eine beträchtliche Vermehrung der Dachskolonie ein; überall in den Häusern baten alsdann weichherzige, meist blondhaarige Gemüter, man möchte die netten Hündchen nicht ersäufen; dieser und jener Nachbar nehme gewiss eines an Kindes Statt an. Da irgendein vornehmer Herr der erste Dachshundbesitzer gewesen, galt der Dachs als irgendeine Art aristokratischer Auszeichnung in jenem Stadtteil, und niemand wies trotz hoher Hundesteuer das bellende Geschenk zurück. Einer dieser Dachshunde stand jetzt vor Öhmchen; aber vielleicht war es keiner von diesen zur wohlhabenden, obschon arbeitslosen Klasse gehörenden Bourgeois des Hundegeschlechts; vielleicht gehörte er einem den Wald durchstreifenden Jäger, einem Forstmann an? Aber nein! Als Öhmchen, einen Augenblick sich aufrichtend, um sich blickte, rückte richtig das vereinte Dachsvolk seines Quartiers wie Soldaten, die in der sogenannten Jägerkette gegen den Feind vorgehen, in langer Linie hinter den Bäumen an und kam, übrigens lautlos, unheimlich, auf ihn zu. Sie umringten ihn, sie schnappten nach ihm. Dass er ihre Adresse kannte, sie bei den stolzen Titeln ihrer vornehmen Eigentümer, bei den schmelzenden Frauennamen ihrer schönen Herrinnen rief, nützte gar nichts. Sie waren so wütend über ihn, dass er endlich aus dem Werkzeugkistchen ein Beil hervorholte und nun, blind dreinhauend, ein, wie ihm vorkam, furchtbares Blutbad unter den Hunden anrichtete.

Plötzlich donnerte ihn eine Stimme an: »Was machen Sie hier? Ich verhafte Sie!«, und der Förster stand vor Öhmchen. Es war ein großer Mann in grauer Jagdjoppe; aber er hatte die maliziösen Züge eines persönlichen Feindes des Konrektors. Es war ganz die Physiognomie des Professor Hohlnuss, mit dem er sich über einer Stelle im Livius tödlich entzweit hatte. Boshaft grinste ihn der Förster an. »Sie treiben Holzfrevel, Herr Öhmchen?«, näselte er mit dem verhassten Stimmorgan des philologischen Gegners.

Im ersten Augenblick, als Öhmchen noch geglaubt, er habe den echten Förster sich gegenüberstehen, war kalter Schreck in seine Glieder gefahren, und sein ›unveräußerliches Naturrecht‹ war ihm sehr veräußerlich vorgekommen. Als er aber jetzt eine ihm zwar rätselhafte, aber mit teuflischer Berechnung durchgeführte Hinterlist seines Feindes zu erkennen glaubte und der vermeintliche Förster aufs Neue Hand an ihn legte, da war er seiner nicht mächtig. Zornglühend riss er die Pistole aus seiner Weste, das Pulver der Pfanne blitzte auf, ein Schuss dröhnte, und – der Förster wälzte sich in seinem Blute, während Öhmchen, erstarrt über die grauenvolle Wirkung seines Jähzorns und jammernd, ebenfalls zu Boden sank.

Jemand schüttelte ihn jetzt, und eine Stimme, die nur die Stimme Hermines sein konnte, sprach zu ihm: »Männchen, was jammerst du so? Was schreist du?«

»Ich habe einem Menschen das Leben geraubt«, antwortete Öhmchen kraftlos.

»Das tut man sonst im Bett nicht«, sprach dieselbe freundliche zarte Stimme mit einem Anflug von Lustigkeit, der ihr den Zwitscherton eines muntern Vogels verlieh. Zugleich beugte sich Hermine über den noch immer nicht recht zum Bewusstsein gelangten Öhmchen, schob den einen ihrer jugendlichen Arme unter seinen Nacken und nötigte so den Mann, mit dem Kopf eine etwas höhere Lage auf dem Kissen einzunehmen. »Öhmchen!«, sagte sie, »was hast du nur geträumt? Erst schnarchtest du entsetzlich wie eine Sägemühle; ich hab dich mehrmals gezupft.«

»Der Dachs!«, dachte Öhmchen aufatmend.

»Dann machst du ein Höllengepolter mit den Füßen an der Bettwand, wirfst die metallene Wärmflasche auf den Boden und, verzeihe mir, brüllst wie ein am Opferaltar getroffener Stier!«

»Das Bild ist homerisch«, sagte der sich erholende Öhmchen. »Von Agamemnon wird es gebraucht. Übrigens habe ich einfach dumm geträumt.«

»Das macht das späte Grogtrinken«, sagte lächelnd Hermine, »Wahrscheinlich«, antwortete Öhmchen. Hierauf sagten beide eine Zeitlang nichts.

Später einmal flüsterte Öhmchen seiner Frau ins Ohr: »Jetzt sag mir einmal genau, wo dein Moppliger seinen Christbaumstand hat.«

Sie sagte es ihm genau. Darauf schliefen sie wieder ein, Öhmchen noch ganz müde vom ›unveräußerlichen Naturrecht‹ und den damit verbundenen Gemütsbewegungen. Ein traumloser Schlaf stellte ihn wieder her.

Dass er am nächsten Morgen die bewussten Gegenstände ungekauft ließ, könnten nötigenfalls Buchhandlung, Eisenwarengeschäft und so weiter bezeugen.

Am Weihnachtsabend leuchtete ein auf gewöhnlichem Weg erworbener Weihnachtsbaum im Hause des Konrektors. Unter demselben lag, damit die Lateinschüler nicht mehr unbemerkt in seinen Stunden Karten spielen möchten, neben andern Geschenken eine schärfere Brille. Und erst unterm Baum gestand Öhmchen seiner Frau den ganzen Verlauf des verzwickten Traumes. Zu ihren Füßen spielten indessen die beiden Kleinen, zu ihren Füßen lag aber auch mit blauem Halsband – ein roter Dachshund, den vor einer Stunde ein freundlicher Nachbar dem Konrektor als Weihnachtsgeschenk hatte zuführen lassen.

Oscar Wilde

Das Sternenkind

Es waren einmal zwei arme Holzfäller, die bahnten sich ihren Heimweg durch einen großen Tannenwald. Es war Winter und eine bitterkalte Nacht. Auf dem Erdboden und auf den Ästen der Bäume lag dichter Schnee: Der Frost knickte zu beiden Seiten immer wieder kleine Zweige ab, als sie vorübergingen; und als sie zum Wasserfall kamen, hing dieser reglos in der Luft, denn der Eiskönig hatte ihn geküsst.

So kalt war es, dass selbst die Tiere und die Vögel nicht wussten, was sie davon halten sollten.

»Huh!«, knurrte der Wolf, als er, den Schwanz zwischen den Beinen, durchs Unterholz hinkte, »dies ist ein wahrhaft scheußliches Wetter. Warum kümmert sich die Regierung nicht darum?«

»Twit! Twit! Twit!«, zwitscherten die Grünfinken. »Die alte Erde ist tot, und man hat sie aufgebahrt in ihrem weißen Leichentuch.«

»Die Erde will sich vermählen, und dies ist ihr Brautkleid«, gurrten die Turteltauben einander zu. Ihre kleinen rosafarbenen Füßchen waren schon fast ganz erfroren, aber sie hielten es für ihre Pflicht, die Lage in romantischem Licht zu betrachten.

»Unfug!«, grollte der Wolf. »Ich sage euch, allein die Regierung hat daran schuld, und wenn ihr mir nicht glaubt, so fresse ich euch auf.« Der Wolf hatte einen gänzlich praktischen Verstand und war nie um ein treffendes Argument verlegen.

»Nun, ich für mein Teil«, sagte der Specht, der ein geborener Philosoph war, »ich gebe keine Atomtheorie auf eine Erklärung. Ein Ding ist so, wie es ist, und zur Zeit ist es furchtbar kalt.«

Furchtbar kalt war es gewiss. Die kleinen Eichkätzchen, die im Innern der hohen Tanne wohnten, rieben einander immerzu die Näschen, um sich warm zu halten, und die Kaninchen rollten sich in ihren Löchern zusammen und wagten sich nicht einmal ins Freie, um sich umzuschauen. Die einzigen Geschöpfe, die sich zu vergnügen schienen, waren die großen Horneulen. Ihre Federn waren ganz starr vor Reif, aber sie scherten sich nicht darum, und sie rollten ihre großen gelben Augen und schrien einander durch den Wald zu: »Uhuh! Schuhuh! Uhuh! Schuhuh! Was für ein herrliches Wetterchen!«

Weiter und weiter gingen die beiden Holzfäller, bliesen sich kräftig auf die Finger und stapften mit ihren großen eisenbeschlagenen Stiefeln durch den verkrusteten Schnee. Einmal versanken sie in einer tiefen Schneewehe, und als sie wieder hervorkamen, waren sie weiß wie die Müller, wenn die Mühlsteine mahlen; und einmal rutschten sie auf dem harten, glatten Eis aus, zu dem das Sumpfwasser gefroren war, und ihr Reisig fiel ihnen aus den Bündeln, und sie mussten es aufklauben und wieder zusammenbinden; und einmal glaubten sie, sich verirrt zu haben, und großer Schrecken befiel sie, denn sie wussten, dass die Schneefrau grausam ist zu denen, die in ihren Armen schlafen. Aber sie setzten ihr Vertrauen in den guten heiligen Martin, der über alle Reisenden wacht, und folgten ihren eigenen Fußstapfen und gingen vorsichtig weiter, und zuletzt erreichten sie den Saum des Waldes und sahen, weit unten im Tal vor ihnen, die Lichter des Dorfes, in dem sie wohnten.

So überglücklich waren sie über ihre Rettung, dass sie laut auflachten, und die Erde erschien ihnen wie eine Blume aus Silber und der Mond wie eine Blume aus Gold.

Doch nachdem sie gelacht hatten, wurden sie traurig, denn sie entsannen sich ihrer Armut, und der eine von ihnen sagte zum anderen: »Warum waren wir lustig, da doch das Leben für die Reichen ist und nicht für solche, wie wir es sind? Besser, wir wären im Wald vor Kälte umgekommen, oder ein wildes Tier hätte uns angefallen und zerrissen.«

»Wahrhaftig«, antwortete sein Gefährte, »einigen wird viel gegeben, und anderen wird wenig gegeben. Das Unrecht hat die

Welt gespalten, und nichts ist gleich verteilt als wie der Kummer.«

Doch wie sie einander so ihr Elend klagten, geschah etwas Sonderbares. Vom Firmament fiel ein sehr heller und schöner Stern. Er glitt seitlich am Himmel herab, flog auf seiner Bahn an den anderen Sternen vorbei, und als sie ihn staunend beobachteten, schien er hinter einer Gruppe von Weidenbäumen herniederzusinken, die dicht bei einer kleinen Schafhürde standen, nicht weiter als einen Steinwurf entfernt.

»Nanu! Da liegt ein Topf Gold für den, der ihn findet«, riefen sie, und sie liefen los und rannten, so begierig waren sie auf das Gold.

Und der eine von ihnen rannte schneller als sein Genosse und überflügelte ihn und bahnte sich einen Weg durch die Weiden und kam auf der anderen Seite heraus, und siehe!, da lag wirklich etwas Goldenes im weißen Schnee. So eilte er darauf zu, beugte sich nieder und legte die Hände darauf, und es war ein Mantel aus Goldgespinst, wundersam mit Sternen durchwirkt und in viele Falten geschlagen. Und er rief seinem Kameraden zu, er habe den Schatz gefunden, der vom Himmel gefallen sei, und als sein Kamerad herbeigekommen war, setzten sie sich in den Schnee und schlugen die Falten des Mantels auseinander, um die Goldstücke aufzuteilen. Aber ach!, weder Gold noch Silber war darin noch überhaupt irgendein Schatz, sondern nur ein kleines Kind, das schlief.

Und der eine von ihnen sagte zum anderen: »Das ist ein bitteres Ende unserer Hoffnung, und wir haben kein Glück, denn was nützt einem Mann ein Kind? Wir wollen es hier liegen lassen und unseres Weges gehen, da wir doch arme Männer sind und eigene Kinder haben, deren Brot wir keinem anderen geben dürfen.«

Sein Gefährte aber antwortete ihm: »Nein, es wäre von Übel, das Kind hier im Schnee umkommen zu lassen, und bin ich auch so arm wie du und habe viele Mäuler zu stopfen und nur wenig im Topf, so will ich es doch mit mir nach Hause tragen, und mein Weib soll sich seiner annehmen.«

So hob er das Kind ganz zärtlich auf und umhüllte es mit dem Mantel, um es vor der strengen Kälte zu schützen, und machte sich auf den Weg den Hügel hinab zum Dorf, und sein Kamerad staunte sehr über seine Torheit und Weichherzigkeit.

Und als sie zum Dorf kamen, sagte sein Kamerad zu ihm: »Du hast das Kind, darum gib mir den Mantel, denn es schickt sich, dass wir sollen teilen.«

Der andere aber antwortete ihm: »Nein, denn der Mantel gehört weder mir noch dir, sondern dem Kind allein«, und er wünschte ihm viel Glück, ging zu seinem Haus und klopfte an.

Und als sein Weib die Tür öffnete und sah, dass ihr Mann unversehrt zu ihr zurückgekehrt war, schlang sie die Arme um seinen Hals und küsste ihn und nahm ihm das Reisigbündel vom Rücken und bürstete den Schnee von seinen Stiefeln und hieß ihn eintreten.

Er aber sagte zu ihr: »Ich habe im Wald etwas gefunden, und ich habe es dir mitgebracht, dass du dich seiner annimmst«, und rührte sich nicht von der Schwelle.

»Was ist es?«, rief sie. »Zeige es mir, denn das Haus ist nackt, und wir brauchen viele Dinge.« Und er schlug den Mantel zurück und zeigte ihr das schlummernde Kind.

»O weh, Ehemann!«, murrte sie. »Haben wir nicht genug eigene Kinder, dass du unbedingt einen Wechselbalg mitbringen musst, der mit uns am Herd sitzt? Und wer weiß, ob er uns nicht Unglück bringt? Und wie sollen wir ihn versorgen?« Und sie zürnte ihm.

»Es ist doch ein Sternenkind«, antwortete er; und er erzählte ihr von dem seltsamen Fund.

Sie aber ließ sich nicht besänftigen, sondern verhöhnte ihn und sprach im Zorn und rief: »Unseren Kindern mangelt es an Brot, und wir sollen das Kind eines anderen nähren? Wer kümmert sich um uns? Und wer gibt uns Nahrung?«

»Unser himmlischer Vater sorgt für die Sperlinge sogar und nährt sie doch«, antwortete er.

»Müssen nicht die Sperlinge im Winter des Hungers sterben?«, fragte sie. »Und ist jetzt nicht Winter?« Und der Mann erwiderte nichts und rührte sich nicht von der Schwelle.

Und vom Wald wehte ein bitterer Wind zur offenen Tür herein und ließ sie frösteln, und sie schauderte und sagte zu ihm: »Willst du nicht die Türe schließen? Ein bitterer Wind weht ins Haus, und mich friert.«

»In ein Haus, wo ein hartes Herz ist, weht da nicht immer ein bitterer Wind?«, fragte er. Und die Frau erwiderte nichts, sondern rückte näher ans Feuer.

Und nach einer Weile wandte sie sich um und sah ihn an, und ihre Augen standen voller Tränen. Und er kam geschwind herein und legte das Kind in ihre Arme, und sie küsste es und legte es in ein kleines Bettchen, wo schon das jüngste ihrer eigenen Kinder lag. Und am Morgen nahm der Holzfäller den seltsamen Mantel aus Gold und legte ihn in eine große Truhe, und seine Frau nahm eine Bernsteinkette, die um den Hals des Kindes geschlungen war, und legte auch diese in die Truhe.

So wuchs das Sternenkind mit den Kindern des Holzfällers auf und saß mit ihnen am selben Tisch und war ihr Spielgefährte. Und mit jedem Jahr war der Knabe schöner anzusehen, so dass alle, die im Dorf wohnten, sich erstaunten, denn während sie braunhäutig und schwarzhaarig waren, war er weiß und zart wie geschnitztes Elfenbein, und seine Locken waren wie die Kelche der Osterglocke. Seine Lippen waren wie die Blütenblätter einer roten Blume, seine Augen wie Veilchen an einem Fluss von klarem Wasser und sein Leib wie die Narzisse auf einer Wiese, dahin der Schnitter nicht kommt.

Und doch bewirkte seine Schönheit Böses. Denn er wurde hochmütig und grausam und selbstsüchtig. Die Kinder des Holzfällers und die anderen Kinder des Dorfes verachtete er und sagte, sie seien geringer Abkunft, wohingegen er vornehm sei, einem Stern entsprungen, und er schwang sich zum Herrn über sie auf und nannte sie seine Knechte. Kein Mitleid hatte er mit den Armen oder mit denen, die blind waren oder verkrüppelt oder sonst wie mit Gebrechen behaftet, sondern bewarf sie mit Steinen und jagte sie hinaus auf die Landstraße und befahl ihnen, sich anderswo ihr Brot zu erbetteln, so dass außer den Vogelfreien keiner ein zweites Mal in das Dorf kam, um Almosen zu erbitten. Tatsächlich war er wie einer, der in die Schönheit vernarrt ist, verhöhnte die Schwächlichen und die Ungestalten und trieb seinen Spott mit ihnen; nur sich selbst liebte er, und im Sommer, wenn die Winde stillhielten, lag er oft am Brunnen in des Priesters Obstgarten und blickte hinab auf das Wunder seines eigenen Angesichts und lachte vor Vergnügen über seine Schönheit.

Oft schalten ihn der Holzfäller und sein Weib und sagten: »Wir haben an dir nicht so gehandelt, wie du an jenen handelst, die einsam und verlassen sind und niemanden haben, der ihnen beisteht. Warum bist du so grausam zu allen, die des Mitleids bedürfen?«

Oft sandte der alte Priester nach ihm, suchte ihn die Liebe zu allen lebenden Dingen zu lehren und sprach zu ihm: »Die Fliege ist deine Schwester. Tue ihr nichts zuleide. Die wilden Vögel, die durch den Wald streifen, haben ihre Freiheit. Stelle ihnen nicht mit Schlingen nach zu deinem Vergnügen. Gott schuf die Blindschleiche und den Maulwurf, und ein jedes hat seinen Platz. Wer bist du, dass du den Schmerz in Gottes Welt trägst? Selbst das Vieh auf dem Felde rühmt Ihn.«

Aber das Sternenkind achtete seiner Worte nicht, sondern runzelte die Stirn und verzog den Mund und ging zurück zu seinen Gefährten und führte sie an. Und seine Gefährten folgten ihm, denn er war schön und schnellfüßig und konnte tanzen und pfeifen und Musik machen. Und wohin das Sternenkind sie auch führte, sie folgten ihm, und was immer das Sternenkind sie tun hieß, das taten sie.

Und als er mit einem spitzen Rohr die trüben Augen des Maulwurfs durchbohrte, da lachten sie, und als er den Aussätzigen mit Steinen bewarf, da lachten sie ebenfalls. Und in allen Dingen herrschte er über sie, und sie wurden hartherzig genau wie er.

Nun zog eines Tages ein armes Bettelweib durch das Dorf. Ihre Kleider waren zerschlissen und zerlumpt, und ihre Füße bluteten von der steinigen Straße, auf der sie gewandert war, und sie war in sehr großer Not. Und da sie müde war, setzte sie sich unter einen Kastanienbaum, um sich auszuruhen.

Aber als das Sternenkind sie sah, sagte es zu seinen Gefährten: »Seht! Dort unter dem schönen, grünbelaubten Baum sitzt ein garstiges Bettelweib. Kommt, wir wollen sie verjagen, denn sie ist hässlich und ungestalt.«

Also näherte er sich ihr und bewarf sie mit Steinen und verhöhnte sie, und mit Entsetzen in den Augen sah sie ihn an und wandte ihren Blick nicht von ihm. Und als der Holzfäller, der in einem Schuppen nebenan Scheite spaltete, sah, was das Sternenkind tat, lief er herbei und tadelte es und sagte zu ihm: »Wahrhaftig, du bist hart von Herzen und kennst kein Erbarmen, denn was hat das arme Weib dir Böses getan, dass du auf diese Weise an ihr handeln solltest?«

Und das Sternenkind wurde rot vor Zorn und stampfte mit dem Fuß auf den Erdboden und sagte: »Wer bist du, dass du mich zur Rede stellst? Ich bin dein Sohn nicht, dass ich tun müsste nach deinem Geheiß.«

»Du sprichst wahr«, antwortete der Holzfäller, »und doch habe ich dir Mitleid bewiesen, als ich dich im Wald fand.«

Und als das Weib diese Worte vernahm, stieß sie einen lauten Schrei aus und sank in Ohnmacht. Und der Holzfäller trug sie in sein Haus, und seine Frau nahm sich ihrer an, und als sie aus der Ohnmacht erwachte, in die sie gesunken war, setzten sie ihr Speis und Trank vor und baten sie, sich daran gütlich zu tun.

Aber sie wollte weder essen noch trinken, sondern fragte den

Holzfäller: »Sagtest du nicht, das Kind sei im Wald gefunden worden? Und war das nicht heute vor zehn Jahren?«

Und der Holzfäller antwortete: »Ja, im Wald habe ich es gefunden, und es war heute vor zehn Jahren.«

»Und welche Zeichen hast du an ihm gefunden?«, rief sie. »Trug es nicht eine Bernsteinkette um den Hals? War es nicht von einem Mantel aus Goldgespinst umhüllt, das mit Sternen durchwirkt war?«

»Wahrhaftig«, antwortete der Holzfäller, »es war genauso, wie du sagst.« Und er nahm den Mantel und die Bernsteinkette aus der Truhe, in der sie lagen, und zeigte sie ihr.

Und als sie sie sah, weinte sie vor Freude und sagte: »Er ist mein kleiner Sohn, den ich im Wald verloren habe. Ich bitte dich, lass ihn rasch kommen, denn auf der Suche nach ihm bin ich durch die ganze Welt geirrt.«

Da gingen der Holzfäller und seine Frau hinaus und riefen nach dem Sternenkind und sagten zu ihm: »Gehe ins Haus, und dort wirst du deine Mutter finden, die auf dich wartet.«

Da rannte er hinein, von Staunen und großer Freude erfüllt. Doch als er sie sah, die dort wartete, lachte er verächtlich und sagte: »Wo ist meine Mutter? Denn ich sehe niemanden hier als dieses abstoßende Bettelweib.«

Und die Frau antwortete ihm: »Ich bin deine Mutter.«

»Du bist von Sinnen, so zu reden«, rief das Sternenkind böse. »Ich bin dein Sohn nicht, denn du bist eine Bettlerin und hässlich und in Lumpen. Darum scher dich fort und lass mich nicht länger dein garstiges Gesicht sehen.«

»Nein, du bist wirklich mein kleiner Sohn, den ich im Wald gebar«, rief sie, und sie fiel auf die Knie und streckte ihm ihre Arme entgegen. »Die Räuber haben dich mir entrissen und dich dem Tod überlassen«, murmelte sie, »aber ich erkannte dich, als ich dich sah, und auch die Zeichen habe ich erkannt, den Mantel aus Goldgespinst und die Bernsteinkette. Darum bitte ich dich, komm mit mir, denn in der ganzen Welt bin ich umhergeirrt auf der Suche nach dir. Komm mit mir, mein Sohn, denn ich bedarf deiner Liebe.«

Aber das Sternenkind rührte sich nicht vom Fleck, sondern verschloss die Pforten seines Herzens gegen sie, und es war kein Laut zu hören, nur die Frau, die vor Schmerz weinte.

Und zuletzt sprach er zu ihr, und seine Stimme klang hart und bitter. »Wenn du wahrhaftig meine Mutter bist«, sagte er, »so wäre es besser gewesen, du wärst fortgeblieben und nicht hierhergekommen, um Schande über mich zu bringen, da ich doch glaubte, das Kind eines Sternes zu sein und nicht einer Bettlerin Kind, wie du mir sagst, dass ich es bin. Darum scher dich fort und tritt mir nie wieder unter die Augen.«

»Ach! Mein Sohn«, rief sie, »willst du mich nicht küssen, bevor ich gehe? Denn ich habe viel gelitten, um dich zu finden.«

»Nein«, sagte das Sternenkind, »du bist allzu garstig anzusehen, und lieber würde ich die Natter küssen oder die Kröte als dich.«

Da erhob sich das Weib und ging bitterlich weinend fort in den Wald, und als das Sternenkind sah, dass sie fort war, war es froh und rannte zurück zu seinen Spielgefährten, um mit ihnen zu spielen.

Aber als sie ihn kommen sahen, verhöhnten sie ihn und sagten: »Du bist so garstig wie die Kröte und so scheußlich wie die Natter. Scher dich fort, denn wir leiden es nicht, dass du mit uns spielst«, und sie jagten ihn hinaus aus dem Garten.

Und das Sternenkind runzelte die Stirn und sagte bei sich: »Was reden sie da? Ich will zum Brunnen gehen und hineinschauen, und er wird mir von meiner Schönheit erzählen.«

Also ging er zum Brunnen und schaute hinein, und siehe!, sein Gesicht war wie das Gesicht einer Kröte, und sein Leib war geschuppt wie eine Natter. Und er warf sich ins Gras und weinte und sagte bei sich: »Dies ist bestimmt meiner Sünde wegen über mich gekommen. Denn ich habe meine Mutter verleugnet und sie verjagt und war hochmütig und grausam zu ihr. Darum muss ich gehen und sie in der ganzen Welt suchen und darf nicht eher rasten, als bis ich sie gefunden habe.«

Und da kam die kleine Tochter des Holzfällers zu ihm, und sie legte ihm ihre Hand auf die Schulter und sagte: »Was tut es schon, dass du deine Anmut eingebüßt hast? Bleibe bei uns, und ich werde dich nicht verhöhnen.«

Und er sagte zu ihr: »Nein, ich bin grausam zu meiner Mutter gewesen, und zur Strafe ist mir dieses Übel gesandt worden. Darum muss ich fortgehen und durch die Welt irren, bis ich sie finde und sie mir Vergebung gewährt.«

Also lief er fort in den Wald und rief nach seiner Mutter, dass sie zu ihm komme, aber es gab keine Antwort. Den ganzen Tag rief er nach ihr, und als die Sonne unterging, legte er sich zum Schlafen auf ein Bett aus Blättern, und die Vögel und die Tiere flohen ihn, denn sie entsannen sich seiner Grausamkeit, und er war allein bis auf die Kröte, die ihn beobachtete, und die träge Natter, die vorüberschlich.

Und am Morgen erhob er sich und pflückte ein paar bittere Beeren von den Bäumen und aß sie und nahm seinen Weg durch den tiefen Wald und weinte bitterlich. Und jeden, dem er begegnete, fragte er, ob er nicht vielleicht seine Mutter gesehen habe.

Den Maulwurf fragte er: »Du kannst unter die Erde kriechen. Sage mir, ist meine Mutter dort?«

Und der Maulwurf antwortete: »Du hast meine Augen geblendet. Wie sollte ich das wissen?«

Den Hänfling fragte er: »Du kannst über die Wipfel der hohen Bäume fliegen und die ganze Welt sehen. Sage mir, kannst du meine Mutter sehen?«

Und der Hänfling antwortete: »Du hast mir die Flügel gestutzt zu deinem Vergnügen. Wie sollte ich fliegen?«

Und das kleine Eichkätzchen, das in der Tanne wohnte und einsam war, fragte er: »Wo ist meine Mutter?«

Und das Eichkätzchen antwortete: »Meine hast du erschlagen. Willst du auch deine erschlagen?«

Und das Sternenkind weinte und senkte den Kopf und bat Gottes Geschöpfe um Vergebung und zog weiter durch den Wald und suchte das Bettelweib. Und am dritten Tag gelangte er zur anderen Seite des Waldes und stieg hinab in die Ebene.

Und als er durch die Dörfer kam, verhöhnten ihn die Kinder und bewarfen ihn mit Steinen, und die Ackerbauern litten es nicht, dass er in den Scheunen schlief, damit das gespeicherte Korn nicht vom Mehltau befallen würde, so garstig war er anzusehen, und ihre Tagelöhner verjagten ihn, und da war keiner, der Mitleid mit ihm hatte. Auch konnte er nirgendwo etwas über das Bettelweib erfahren, das seine Mutter war, obgleich er drei Jahre durch die Welt irrte und oft glaubte, sie vor sich auf der Landstraße zu sehen, und sie anrief und ihr nachsetzte, bis die spitzen Steine seine Füße bluten ließen. Aber einholen konnte er sie nicht, und jene, die am Wegesrand wohnten, leugneten stets, sie gesehen zu haben oder irgendeine wie sie, und spotteten seines Kummers.

Drei Jahre lang irrte er durch die Welt, und in der Welt gab es nicht Liebe noch Güte noch Milde für ihn, sondern es war genau die Welt, wie er sie sich erschaffen hatte in den Tagen seines großen Hochmuts.

Und eines Abends kam er zu dem Tor einer fest ummauerten Stadt, die an einem Flusse lag, und so müde und fußkrank er war, schickte er sich doch an, sie zu betreten. Aber die Soldaten, die Wache hielten, kreuzten ihre Hellebarden vor dem Eingang und fragten ihn barsch: »Was hast du in der Stadt zu suchen?«

»Ich suche meine Mutter«, antwortete er, »und ich bitte euch, mich durchzulassen, denn es mag sein, dass sie in dieser Stadt ist.«

Sie aber verhöhnten ihn, und einer von ihnen schüttelte seinen schwarzen Bart, stieß seinen Schild auf den Boden und rief: »Wahrhaftig, deine Mutter wird sich nicht freuen, wenn sie dich sieht, denn du bist ungestalter als die Sumpfkröte oder die Natter, die im Moor schleicht. Scher dich fort. Scher dich fort. Deine Mutter wohnt nicht in dieser Stadt.«

Und ein anderer, der ein gelbes Banner in der Hand hielt, sagte zu ihm: »Wo ist deine Mutter, und warum suchst du sie?«

Und er antwortete: »Meine Mutter ist eine Bettlerin geradeso wie ich, und ich habe schlecht an ihr gehandelt, und ich bitte euch, mich durchzulassen, dass sie mir Vergebung gewährt, falls sie in dieser Stadt weilt.« Aber sie duldeten es nicht und stachen mit ihren Lanzen nach ihm.

Und als er sich weinend fortwandte, kam einer, dessen Harnisch mit vergoldeten Blumen eingelegt war und auf dessen Helm ein geflügelter Löwe saß, und erkundigte sich bei den Soldaten, wer es sei, der da Einlass begehrte. Und sie sagten zu ihm: »Er ist ein Bettler und das Kind einer Bettlerin, und wir haben ihn verjagt.«

»Nein«, rief er lachend, »wir wollen das garstige Geschöpf als Sklaven verkaufen, und sein Preis soll sein der Preis einer Schale süßen Weines.«

Und ein alter, übelgesichtiger Mann, der eben vorbeikam, rief sie an und sagte: »Zu diesem Preis will ich ihn kaufen«, und als er den Preis entrichtet hatte, nahm er das Sternenkind bei der Hand und führte es in die Stadt.

Und nachdem sie durch viele Straßen gegangen waren, kamen sie zu einer kleinen Pforte, die war in eine Mauer eingelassen, über der ein Granatapfelbaum wuchs. Und der alte Mann berührte die Pforte mit einem Ring aus geschnitztem Jaspis, und sie sprang auf, und sie stiegen fünf erzene Stufen hinab in einen Garten, der war mit schwarzem Klatschmohn und grünen Gefäßen aus gebranntem Ton angefüllt. Und daraufhin nahm der alte Mann aus seinem Turban ein Tuch aus gemusterter Seide hervor und verband dem Sternenkind die Augen damit und trieb es vor sich her. Und als ihm das Tuch von den Augen genommen wurde, fand sich das Sternenkind in einem Verlies wieder, das war von einer Laterne von Horn erhellt.

Und der alte Mann setzte ihm auf einem Brettchen etwas verschimmeltes Brot vor und sagte: »Iss«, und etwas brackiges

Wasser in einem Becher und sagte: »Trink«, und als es gegessen und getrunken hatte, ging der alte Mann hinaus, sperrte die Tür hinter sich ab und verhängte sie mit einer eisernen Kette.

Und am Morgen kam der alte Mann zu ihm herein, der der listigste Zauberer Libyens war und seine Kunst bei einem erlernt hatte, der in den Gräbern am Nil hauste, warf ihm einen finsteren Blick zu und sagte: »In einem Wald nahe dem Tor dieser Stadt von Giauren liegen drei Goldstücke. Eines ist aus Weißgold, das zweite ist aus Gelbgold und das Gold des dritten ist rot. Heute sollst du mir das Stück Weißgold bringen, und bringst du es nicht, so will ich dir hundert Hiebe verabreichen. Mach dich fort, und bei Sonnenuntergang werde ich an der Gartenpforte auf dich warten. Sieh zu, dass du das Weißgold mitbringst, oder es wird dir übel ergehen, denn du bist mein Sklave, und ich habe dich gekauft zum Preis einer Schale süßen Weines.« Und mit dem Tuch aus gemusterter Seide verband er dem Sternenkind die Augen und führte es durch das Haus und durch den Garten mit Klatschmohn und die fünf erzenen Stufen hinauf. Und nachdem er mit seinem Ring die kleine Pforte aufgetan hatte, stieß er es auf die Straße.

Und das Sternenkind zog zum Stadttor hinaus und kam zu dem Wald, von dem der Zauberer ihm gesprochen hatte.

Nun war dieser Wald von außen sehr schön anzusehen und schien voller Singvögel und süß duftender Blumen, und das Sternenkind betrat ihn fröhlich. Doch seine Schönheit nützte ihm wenig, denn wo er auch hintrat, schossen scharfe Dornenhecken aus der Erde und umschlossen ihn, und böse Nesseln verbrannten ihn, und die Distel stach ihn mit ihren Dolchen, so dass er in arger Not war. Auch konnte er nirgends das Stück Weißgold finden, von dem der Zauberer ihm gesprochen hatte, obgleich er es suchte vom Morgen bis zum Mittag und vom Mittag bis zum Sonnenuntergang. Und bei Sonnenuntergang wandte er sein Gesicht heimwärts und weinte bitterlich, denn er wusste, welches Los ihm bevorstand.

Aber als er den Saum des Waldes erreicht hatte, hörte er aus dem Dickicht einen Schrei wie von einem, der Schmerzen leidet. Und er vergaß seinen eigenen Kummer und lief zurück zu der Stelle und sah dort einen kleinen Hasen, der saß in einer Falle, die ein Jäger ihm gestellt hatte.

Und das Sternenkind hatte Mitleid mit ihm und befreite ihn und sagte zu ihm: »Ich bin selbst nur ein Sklave, und doch kann ich dir die Freiheit schenken.«

Und der Hase antwortete ihm und sagte: »Gewiss, du hast mir die Freiheit geschenkt, und was soll ich dir dafür geben?«

Und das Sternenkind sagte zu ihm: »Ich suche ein Stück Weißgold, aber ich kann es nirgends finden, und wenn ich es meinem Herrn nicht bringe, wird er mich schlagen.«

»Komm mit mir«, sagte der Hase, »und ich will dich zu ihm führen, denn ich weiß, wo es versteckt ist und zu welchem Zweck.«

So ging das Sternenkind mit dem Hasen mit, und siehe!, in der Spalte eines großen Eichbaums gewahrte er das Stück Weißgold, das er suchte. Und er war voller Freude und ergriff es und sagte zu dem Hasen: »Den Dienst, den ich dir erwiesen habe, den hast du mir vielfach vergolten, und die Güte, die ich dir gezeigt habe, die hast du hundertfach zurückbezahlt.«

»Nein«, antwortete der Hase, »denn so wie du an mir gehandelt hast, so habe ich an dir gehandelt«, und er hoppelte flink davon, und das Sternenkind ging zur Stadt hin.

Nun saß am Stadttor einer, der war ein Aussätziger. Über seinem Gesicht hing eine Kapuze aus grauem Leintuch, und durch die Sehschlitze glühten seine Augen wie rote Kohlen. Und wie er das Sternenkind kommen sah, schlug er auf eine hölzerne Schale und bimmelte mit seiner Schelle und rief es an und sagte: »Gib mir ein Geldstück, oder ich muss des Hungers sterben. Denn man hat mich aus der Stadt verstoßen, und da ist keiner, der Mitleid mit mir hat.«

»Ach!«, rief das Sternenkind. »Ich habe nur ein Geldstück in meiner Katze, und wenn ich es meinem Herrn nicht bringe, wird er mich schlagen, denn ich bin sein Sklave.«

Aber der Aussätzige flehte es an und bettelte so lange, bis das Sternenkind Erbarmen hatte und ihm das Stück Weißgold gab.

Und als er zu des Zauberers Haus kam, machte der Zauberer ihm auf und ließ ihn ein und sagte zu ihm: »Hast du das Stück Weißgold?« Und das Sternenkind antwortete: »Ich habe es nicht.« Da fiel der Zauberer über ihn her und schlug ihn und setzte ihm ein leeres Brettchen vor und sagte: »Iss«, und einen leeren Becher und sagte: »Trink«, und warf ihn wieder in das Verlies.

Und am Morgen kam der Zauberer zu ihm und sagte: »Wenn du mir heute nicht das Stück Gelbgold bringst, so will ich dich gewisslich als meinen Sklaven behalten und dir dreihundert Hiebe verabreichen.«

So ging das Sternenkind in den Wald, und den ganzen Tag suchte er nach dem Stück Gelbgold, konnte es aber nirgends finden. Und bei Sonnenuntergang setzte er sich nieder und begann zu weinen, und wie er so weinte, da kam zu ihm der kleine Hase, den er aus der Falle befreit hatte.

Und der Hase sprach zu ihm: »Warum weinst du? Und was suchst du im Wald?«

Und das Sternenkind antwortete: »Ich suche ein Stück Gelbgold, das hier versteckt ist, und wenn ich es nicht finde, so wird mein Herr mich schlagen und mich als Sklaven behalten.«

»Folge mir«, rief der Hase, und er hoppelte durch den Wald, bis er an einen Wassertümpel kam. Und auf dem Grunde des Tümpels lag das Stück Gelbgold.

»Wie soll ich dir danken?«, fragte das Sternenkind. »Denn siehe!, dies ist das zweite Mal, dass du mir beigestanden hast.«

»Nein, du hattest zuerst Mitleid mit mir«, sagte der Hase und hoppelte flink davon.

Und das Sternenkind nahm das Stück Gelbgold und steckte es in seine Katze und eilte zur Stadt. Doch der Aussätzige sah ihn kommen und lief ihm entgegen und kniete hin und rief: »Gib mir ein Geldstück, oder ich werde des Hungers sterben.«

Und das Sternenkind sagte zu ihm: »Ich habe in meiner Katze nur ein Stück Gelbgold, und wenn ich es meinem Herrn nicht bringe, wird er mich schlagen und mich als seinen Sklaven behalten.«

Aber der Aussätzige flehte ihn inbrünstig an, so dass das Sternenkind Mitleid mit ihm hatte und ihm das Stück Gelbgold gab.

Und als er zu des Zauberers Haus kam, machte der Zauberer ihm auf und ließ ihn ein und sagte zu ihm: »Hast du das Stück Gelbgold?« Und das Sternenkind sagte zu ihm: »Ich habe es nicht.« Da fiel der Zauberer über ihn her und schlug ihn und beschwerte ihn mit Ketten und warf ihn wieder in das Verlies.

Und am Morgen kam der Zauberer zu ihm und sagte: »Wenn du mir heute das Stück Rotgold bringst, will ich dich freilassen, bringst du es aber nicht, so will ich dich gewisslich erschlagen.«

So ging das Sternenkind in den Wald, und den ganzen Tag suchte er nach dem Stück Rotgold, konnte es aber nirgends finden. Und am Abend setzte er sich nieder und weinte, und wie er so weinte, da kam zu ihm der kleine Hase.

Und der Hase sprach zu ihm: »Das Stück Rotgold, das du suchst, ist in der Höhle, die hinter dir liegt. Darum weine nicht mehr, sondern sei guten Muts.«

»Wie soll ich dich belohnen?«, rief das Sternenkind. »Denn siehe!, dies ist das dritte Mal, dass du mir beigestanden hast.«

»Nein, du hattest zuerst Mitleid mit mir«, sagte der Hase und hoppelte flink davon.

Und das Sternenkind betrat die Höhle, und im entferntesten Winkel fand es das Stück Rotgold. Da steckte er es in seine Katze und eilte zur Stadt. Und der Aussätzige sah ihn kommen, stellte sich mitten auf die Straße und rief ihn an und sagte zu ihm: »Gib mir das rote Geldstück, oder ich muss sterben«, und wieder hatte das Sternenkind Mitleid mit ihm und gab ihm das Stück Rotgold und sagte: »Deine Not ist größer als meine.«

Doch sein Herz war schwer, denn er wusste, welch böses Los ihn erwartete.

Aber siehe!, als er durchs Stadttor schritt, verneigten sich die Wachen, huldigten ihm und sagten: »Wie schön ist unser Gebieter!«, und eine Menge von Bürgern folgte ihm und rief aus: »Wahrhaftig, auf der ganzen Welt ist keiner so schön!«, so dass das Sternenkind weinte und bei sich sagte: »Sie verhöhnen mich und spotten meines Elends.« Und so groß war der Menschenauflauf, dass er von seinem Weg abkam und sich zuletzt auf einem großen Platz wiederfand, auf dem stand der Palast eines Königs.

Und das Tor des Palastes sprang auf, und die Priester und die hohen Beamten der Stadt eilten ihm entgegen, und sie demütigten sich vor ihm und sagten: »Ihr seid unser Gebieter, auf den wir gewartet haben, und der Sohn unseres Königs.«

Und das Sternenkind antwortete ihnen und sagte: »Ich bin keines Königs Sohn, sondern das Kind eines armen Bettelweibes. Und wie könnt ihr sagen, ich sei schön, da ich doch weiß, dass ich widerwärtig anzusehen bin?«

Da hob der, dessen Harnisch mit vergoldeten Blumen eingelegt war und auf dessen Helm ein geflügelter Löwe saß, seinen Schild in die Höhe und rief: »Wie kann mein Gebieter sagen, er sei nicht schön?«

Und das Sternenkind schaute hinein, und siehe!, sein Angesicht war genauso, wie es gewesen war, und seine Anmut war ihm wiedergeschenkt, und er sah etwas in seinen Augen, das er zuvor nicht gesehen hatte.

Und die Priester und die hohen Beamten knieten nieder und sagten zu ihm: »Von alters her ist geweissagt, dass am heutigen Tage kommen wird der, welcher über uns herrschen soll. Darum lasst unseren Gebieter diese Krone und dieses Zepter nehmen, und in seiner Gerechtigkeit und Gnade sei er König über uns.«

Er aber sagte zu ihnen: »Ich bin nicht würdig, denn ich habe die Mutter verleugnet, die mich gebar, und darf nicht eher ruhen, als bis ich sie gefunden und ihre Vergebung erlangt habe. Darum lasst mich ziehen, denn ich muss erneut durch die Welt irren und darf hier nicht verweilen, möget ihr mir auch Krone und Zepter bieten.« Und während er sprach, wandte er sein Gesicht von ihnen ab und zur Straße hin, die zum Stadttor führte, und siehe!, in der Menge, die die Soldaten umdrängte, erblickte er das Bettelweib, das seine Mutter war, und an ihrer Seite stand der Aussätzige, der an der Straße gesessen hatte.

Und ein Freudenschrei löste sich von seinen Lippen, und er lief hin, kniete nieder und küsste die Wunden an den Füßen seiner Mutter und benetzte sie mit seinen Tränen. Er neigte seinen Kopf in den Staub und schluchzte wie einer, dem das Herz bricht, und sagte zu ihr: »Mutter, ich habe dich verleugnet in der Stunde meines Stolzes. Nimm mich an in der Stunde meiner Demut. Mutter, ich schenkte dir Hass. Schenke du mir Liebe. Mutter, ich verstieß dich. Nimm du dein Kind jetzt an.« Aber das Bettelweib antwortete ihm mit keinem Wort.

Und er streckte seine Hände aus und umfasste die Füße des Aussätzigen und sagte zu ihm: »Dreimal schenkte ich dir Erbarmen. Bitte meine Mutter, dass sie einmal zu mir spricht.« Aber der Aussätzige antwortete ihm mit keinem Wort.

Und er schluchzte abermals und sagte: »Mutter, mein Leid ist schwerer, als ich ertragen kann. Gewähre mir deine Vergebung und lass mich wieder in den Wald gehen.« Und das Bettelweib legte ihm ihre Hand auf den Kopf und sprach zu ihm: »Steh auf«, und der Aussätzige legte ihm seine Hand auf den Kopf und sprach ebenfalls zu ihm: »Steh auf.«

Und er stand auf und blickte sie an, und siehe!, sie waren ein König und eine Königin.

Und die Königin sagte zu ihm: »Dies ist dein Vater, dem du beigestanden hast.«

Und der König sagte: »Dies ist deine Mutter, der du die Füße gewaschen hast mit deinen Tränen.«

Und sie fielen ihm um den Hals und küssten ihn und brachten ihn in den Palast und kleideten ihn in schöne Gewänder und setzten ihm die Krone aufs Haupt und drückten ihm das Zepter in die Hand, und er herrschte über die Stadt, die an dem Flusse stand, und war ihr Gebieter. Allen erwies er große Gerechtigkeit und Gnade, und den bösen Zauberer verbannte er, und dem Holzfäller und seinem Weib sandte er viele reiche Geschenke, und ihren Kindern erwies er hohe Ehre. Auch duldete er nicht, dass auch nur einer grausam war gegen Gevögel oder Getier, sondern lehrte sie Liebe und Güte und Milde, und den Armen gab er Brot, und den Nackten gab er Kleidung, und es herrschten Friede und Wohlstand im Land.

Doch er regierte nicht lange, so groß war sein Leid gewesen und seine Feuerprobe so hart, denn nach drei Jahren starb er. Und der, der nach ihm kam, regierte gottlos.

Theodor Storm

Unter dem Tannenbaum

Eine Dämmerstunde

Es war das Arbeitszimmer eines Beamten. Der Eigentümer, ein Mann in den Vierzigern, mit scharf ausgeprägten Gesichtszügen, aber milden, lichtblauen Augen unter dem schlichten, hellblonden Haar, saß an einem mit Büchern und Papieren bedeckten Schreibtisch; damit beschäftigt, einzelne Schriftstücke zu unterzeichnen, welche der danebenstehende alte Amtsbote ihm überreichte. Die Nachmittagssonne des Dezembers beleuchtete eben mit ihrem letzten Strahl das große, schwarze Tintenfass, in das er dann und wann die Feder tauchte. Endlich war alles unterschrieben.

»Haben Herr Amtsrichter sonst noch etwas?«, fragte der Bote, indem er die Papiere zusammenlegte.

»Nein, ich danke Ihnen.«

»So habe ich die Ehre, vergnügte Weihnachten zu wünschen.«

»Auch Ihnen, lieber Erdmann.«

Der Bote sprach einen der mitteldeutschen Dialekte; in dem Tone des Amtsrichters war etwas von der Härte jenes nördlichsten deutschen Volksstammes, der vor wenigen Jahren, und diesmal vergeblich, in einem seiner alten Kämpfe mit dem fremden Nachbarvolke geblutet hatte. – Als sein Untergebener sich entfernte, nahm er unter den Papieren einen angefangenen Brief hervor und schrieb langsam daran weiter.

Die Schatten im Zimmer fielen immer tiefer. Er sah nicht die schlanke Frauengestalt, die hinter ihm mit leisen Schritten durch die Tür getreten war; er bemerkte es erst, als sie den Arm um seine Schulter legte. – Auch ihr Antlitz war nicht mehr jung; aber in ihren Augen war noch jener Ausdruck von Mädchenhaftigkeit, den man bei Frauen, die sich geliebt wissen, auch noch nach der ersten Jugend findet. »Schreibst du an meinen Bruder?«, fragte sie, und in ihrer Stimme, nur etwas mehr gemildert, war dieselbe Klangfarbe wie in der ihres Mannes.

Er nickte. »Lies nur selbst!«, sagte er, indem er die Feder fortlegte und zu ihr empor sah.

Sie beugte sich über ihn herab; denn es war schon dämmerig geworden. So las sie, langsam, wie er geschrieben hatte:

»Ich bin wieder gesund und arbeitsfähig – glücklicherweise; denn das ist die Not der Fremde, dass man den Boden, worauf man steht, sich in jeder Stunde neu erschaffen muss. So schlecht es immer sein mag, darin habt Ihr es doch gut daheim; und wer wäre nicht gern geblieben, wenn er nur ein Stück Brot und jenes unentbehrliche ›sanfte Ruhekissen‹ des alten Sprichworts sich hätte erhalten können.«

Sie legte schweigend die Hand auf seine Stirn, während er, der ihren Augen gefolgt war, das Blatt umwandte. Dann las sie weiter:

»Der guten und klugen Frau, die Du vorige Weihnachten bei uns hast kennenlernen, bin ich so glücklich gewesen, durch die Vermittlung eines Vergleichs mit ihrem Gutsnachbarn einen wirklichen Dienst zu leisten; der schöne, so sehr von ihr begehrte Wald ist seit Kurzem endlich in ihren Besitz gelangt. Hätten wir morgen für Deinen Freund Harro nur eine Tanne aus diesem Walde! Denn hier ist viele Meilen in die Runde kein Nadelholz zu finden. Was aber ist ein Weihnachtsabend ohne jenen Baum mit seinem Duft voll Wunder und Geheimnis!«

»Aber du«, sagte der Amtsrichter, als seine Frau gelesen hatte, »du bringst in deinen Kleidern den Duft des echten Weihnachtsabends!«

Sie langte lächelnd in den Schlitz ihres Kleides und legte ein großes Stück braunen Weihnachtskuchen vor ihm auf den Tisch. »Sie sind eben vom Bäcker gekommen«, sagte sie, »prob nur; deine Mutter backt sie dir nicht besser!«

Er brach einen Brocken ab und prüfte ihn genau; aber er fand alles, was ihn als Knaben daran entzückt hatte; die Masse war glashart, die eingerollten Stückchen Zucker wohl zergangen und kandiert. »Was für gute Geister aus diesem Kuchen steigen«, sagte er, sich in seinen Arbeitsstuhl zurücklehnend; »ich sehe plötzlich, wie es daheim in dem alten, steinernen Hause Weihnacht wird. – Die Messingtürklinken sind womöglich noch blanker als sonst; die große gläserne Flurlampe leuchtet heute noch heller auf die Stuckschnörkel an den sauber geweißten Wänden; ein Kinderstrom um den andern, singend und bettelnd, drängt durch die Haustür; vom Keller herauf aus der geräumigen Küche zieht der Duft des Gebäckes in ihre Nasen, das dort in dem großen kupfernen Kessel über dem Feuer prasselt. – Ich sehe alles; ich sehe Vater und Mutter – Gott sei gedankt, sie leben beide! – Aber die Zeit, in die ich hinabblicke, liegt in so tiefer Ferne der Vergangenheit! – – Ich bin ein Knabe noch! – Die Zimmer zu beiden Seiten des Flurs sind erleuchtet; rechts ist die Weihnachtsstube. Während ich vor der Tür stehe, horchend, wie es drinnen in dem Knittergold und in den Tannenzweigen rauscht, kommt von der Hoftreppe herauf der Kutscher, eine Stange mit einem Wachslichtendchen in der Hand. – ›Schon anzünden, Thomas?‹ Er schüttelt schmunzelnd den Kopf und verschwindet in die Weihnachtsstube. – Aber wo bleibt denn Onkel Erich? – – Da kommt es draußen die Treppe hinauf; die Haustür wird aufgerissen. Nein, es ist nur sein Lehrling, der die lange Pfeife des ›Herrn Ratsverwandters‹ bringt; ihm nach quillt ein neuer Strom von Kindern; zehn kleine Kehlen auf einmal stimmen an: ›Vom Himmel hoch, da komm ich her!‹ Und schon ist meine Großmutter mitten zwischen ihnen, die alte, geschäftige Frau, den Speisekammerschlüssel am kleinen Finger, einen Teller voll Gebäckes in der Hand. Wie blitzschnell das verschwindet! Auch ich erwische meinen Teil davon, und eben kommt auch meine Schwester mit dem Kindermädchen, festlich gekleidet, die langen Zöpfe frisch geflochten. Ich aber halte mich nicht auf; ich springe drei Stufen auf einmal die Treppe nach dem Hofe hinab.«

Es war allmählich dunkel geworden; die Frau des Amtsrichters hatte leise einen Aktenstoß von einem Stuhl entfernt und sich an die Seite ihres Mannes gesetzt.

»Drüben in dem Seitengebäude ist das Arbeitszimmer meines Vaters. Auf die Vordiele dort fällt heute kein Lichtschein aus dem Türfenster der Schreiberstube; der alte Tausendkünstler ist von meiner Mutter drinnen bei den Weihnachtsgeheimnissen angestellt. Aber ich tappe mich im Dunkeln vorwärts; denn gegenüber in seinem Zimmer höre ich die Schritte meines Vaters.

Er arbeitet schon nicht mehr. Ich öffne leis die Tür; wie deutlich sehe ich ihn vor mir, ihn selbst und das große, verräucherte Gemach, in dem der harte Schlag der alten Wanduhr pickt! Mit einer feierlichen Unruhe geht er zwischen den mit Papieren bedeckten Tischen umher, in der einen Hand den Messingleuchter mit der brennenden Kerze, die andere vorgestreckt, als solle jetzt alles Störende ferngehalten werden. Er öffnet die Schublade seines kleinen Stehpults und nimmt die große goldene Tabatiere aus der Fischhautkapsel, einst ein Geschenk der Urgroßmutter an ihren Bräutigam, dann nach des Urgroßvaters Tode eine Ehren- und Vertrauensgabe an ihn. Aber er ist noch nicht fertig; aus dem Geldkörbchen werden blanke Silbermünzen für die Dienstboten hervorgesucht, eine Goldmünze für den Schreiber. ›Ist Onkel Erich schon da?‹, fragte er, ohne sich nach mir umzusehen. – ›Noch nicht, Vater! Darf ich ihn holen?‹ – ›Das könntest du ja tun.‹ Und fort renne ich durch das Wohnhaus auf die Straße, um die Ecke am Hafen entlang, und während ich drunten aus der Dämmerung das Pfeifen des Windes in den Tauen der Schiffe höre, habe ich das alte Giebelhaus mit dem Vorbau erreicht. Die Tür wird aufgerissen, dass die Klingel weithin durch Flur und Pesel schallt. – Vor dem Ladentisch steht der alte Kommis, der das Detailgeschäft leitet. Er sieht mich etwas grämlich an. ›Der Herr ist in seinem Kontor‹, sagt er trocken; er liebt die wilde naseweise Range nicht. Aber, was geht's mich an. – Fort mach ich hinten zur Hoftür hinaus, über zwei kleine finstere Höfe, dann in ein uraltes seltsames Nebengebäude, in welchem sich das Allerheiligste des Onkels befindet. Ohne Unfall komme ich durch den engen dunklen Gang und klopfe an eine Tür. – ›Herein!‹ Da sitzt der kleine Herr in dem feinen braunen Tuchrock an seinem mächtigen Arbeitspult; der Schein der Kontorlampe fällt auf seine freundlichen kleinen Augen und auf die mächtige Familiennase, die über den frisch gestärkten Vatermördern hinausragt. – ›Onkel, ob du nicht kommen wolltest?‹, sage ich, nachdem ich Atem geschöpft habe. – ›Wollen wir uns noch einen Augenblick setzen!‹, erwiderte er, indem seine Feder summierend über das Folium des aufgeschlagenen Hauptbuches hinabgleitet. – Mir wird ganz behaglich zu Sinne, ich werde nicht ein bisschen ungeduldig; aber ich setze mich auch nicht; ich bleibe stehen und besehe mir die Englands- und Westindienfahrer des Onkels, deren Bilder an der Wand hängen. Es dauert auch nicht lange, so wird das Hauptbuch herzhaft zugeklappt, das Schlüsselbund rasselt und: ›Sieh so‹, sagt der Onkel, ›fertig wären wir!‹ Während er sein spanisches Rohr aus der Ecke langt, will ich schon wieder aus der Tür; aber er hält mich zurück. ›Ah, wart doch mal ein wenig! Wir hätten hier wohl noch so etwas mitzunehmen.‹ Und aus einer dunkeln Ecke des Zimmers holt er zwei wohlversiegelte, geheimnisvolle Päckchen. – Ich wusste es wohl, in solchen Päckchen steckte ein Stück leibhaftigen Weihnachtens; denn der Onkel hatte einen Bruder in Hamburg, und er trat nicht mit leeren Händen an den Tannenbaum. So nie gesehenes, märchenhaftes Zuckerzeug, wie er mitten in der Bescherung noch mir und meiner Schwester auf unsere Weihnachtsteller zu legen pflegte, ist mir später niemals wieder vorgekommen.

Bald darauf steige ich an der Hand des Onkels die breite Steintreppe zu unserm Hause hinauf. Ein paar Augenblicke verschwindet er mit seinen Päckchen in die Weihnachtsstube; es ist noch nicht angezündet, aber durch die halb geöffnete und rasch wieder geschlossene Tür glitzert es mir entgegen aus der noch drinnen herrschenden ahnungsvollen Dämmerung. Ich schließe die Augen, denn ich will nichts sehen, und trete in das gegenüberliegende, festlich erleuchtete Zimmer, das ganz von dem Duft der braunen Kuchen und des heute besonders fein gemischten Tees erfüllt ist. Die Hände auf dem Rücken mit langsamen Schritten geht mein Vater auf und nieder. ›Nun, seid ihr da?‹, fragt er stehenbleibend. – Und schon ist auch Onkel Erich bei uns; mir scheint, die Stube wird noch einmal so hell, dass er eintritt. Er grüßt die Großmutter, den Vater; er nimmt meiner Schwester die Tasse ab, die sie ihm auf dem gelb lackierten Brettchen präsentiert. ›Was meinst du‹, sagt er, indem er seinen Augen einen bedenklichen Ausdruck zu geben sucht, ›es wird wohl heute nicht viel für uns abfallen!‹ Aber er lacht dabei so tröstlich, dass diese Worte wie eine goldene Verheißung klingen. Dann, während in dem blanken Messingkomfort der Teekessel saust, beginnt er eine seiner kleinen Erzählungen von den Begebenheiten der letzten Tage, seit man sich nicht gesehen. War es nun der Ankauf eines neuen Spazierstocks oder das unglückliche Zerbrechen einer Mundtasse; es floss alles so sanft dahin, dass man ganz davon erquickt wurde. Und wenn er gar eine Pause machte, um das bisher Erzählte im behaglichsten Gelächter nachzugenießen, wer hätte da nicht mitgelacht! Mein Vater nimmt vergeblich seine kritische Prise; er muss endlich doch mit einstimmen. Dies harmlose Geplauder – es ist mir das erst später klar geworden – war die Art, wie der tätige Geschäftsmann von der Tagesarbeit ausruhte. Es klingt mir noch lieb in der Erinnerung, und mir ist, als verstünde das jetzt niemand mehr. – Aber während der Onkel so erzählt, steckt meine Mutter, die seit Mittag unsichtbar gewesen ist, den Kopf ins Zimmer.

Der Onkel macht ein Kompliment und bricht seine Geschichte

ab; die Tür und die gegenüberliegende Tür werden weit geöffnet. Wir treten zögernd ein; und vor uns, zurückgestrahlt von dem großen Wandspiegel, steht der brennende Baum mit seinen Flittergoldfähnchen, seinen weißen Netzen und goldenen Eiern, die wie Kinderträume in den dunkeln Zweigen hängen.« –

»Paul«, sagte die Frau, »und wenn wir ihn noch so weit herbeischaffen sollten, wir müssen wieder einen Tannenbaum haben. Der arme Junge hat sich selbst einen Weihnachtsgarten gebaut; er ist nur eben wieder fort, um Moos aus dem Eichenwäldchen zu holen.«

Der Amtsrichter schwieg einen Augenblick. – »Es tut nicht gut, in die Fremde zu gehen«, sagte er dann, »wenn man daheim schon am eigenen Herd gesessen hat. – Mir ist noch immer, als sei ich hier nur zu Gaste, und morgen oder übermorgen sei die Zeit herum, dass wir alle wieder nach Hause müssten!«

Sie fasste die Hand ihres Mannes und hielt sie fest in der ihrigen, aber sie antwortete nichts darauf.

»Gedenkst du noch an einen Weihnachten?«, hub er wieder an. »Ich hatte die Studentenjahre hinter mir und lebte nun noch einmal, zum letzten Mal, eine kurze Zeit als Kind im elterlichen Hause. Freilich war es dort nicht mehr so heiter, wie es einst gewesen; es war Unvergessliches geschehen, die alte Familiengruft unter der großen Linde war ein paarmal offen gewesen; meine Mutter, die unermüdlich tätige Frau, ließ oft mitten in der Arbeit die Hände sinken und stand regungslos, als habe sie sich selbst vergessen. Wie unsere alte Margret sagte, sie trug ein Kämmerchen in ihrem Kopf, drin spielte ein totes Kind. – Nur Onkel Erich, freilich ein wenig grauer als sonst, erzählte noch seine kleinen freundlichen Geschichten, und auch die Schwester und die Großmutter lebten noch. Damals war jener Weihnachtsabend; ein junges schönes Mädchen war zu der Schwester auf Besuch gekommen. Weißt du, wie sie hieß?«

»Ellen«, sagte sie leise und lehnte den Kopf an die Brust ihres Mannes.

Der Mond war aufgegangen und beleuchtete ein paar Silberfäden in dem braunen seidigen Haar, das sie schlicht gescheitelt trug, schmucklos in einer Flechte um den Schildpattkamm gelegt.

Er strich mit der Hand über dies noch immer selten schöne Haar. »Ellen hatte auch beschert bekommen«, sprach er weiter; »auf dem kleinen Mahagonitische lagen Geschenke von meiner Mutter und was von ihren Eltern von drüben aus dem Schwesterlande herübergeschickt war. Sie stand mit dem Rücken gegen den brennenden Baum, die Hand auf die Tischplatte gestützt; sie stand schon lange so; ich sehe sie noch;« – und er ließ seine Augen eine Weile schweigend auf dem schönen Antlitz seiner Frau ruhen; – »da war meine Mutter unbemerkt zu ihr getreten; sie fasste sanft ihre Hand und sah ihr fragend in die Augen. – Ellen blickte nicht um, sie neigte nur den Kopf; plötzlich aber richtete sie sich rasch auf und entfloh ins Nebenzimmer. Weißt du es noch? Während meine Mutter leise den Kopf schüttelte, ging ich ihr nach; denn seit einem kleinen Zank am letzten Abend waren wir vertraute Freunde. Ellen hatte sich in der Ofenecke auf einen Stuhl gesetzt; es war fast dunkel dort; nur eine vergessene Kerze mit langer Schnuppe brannte in dem Zimmer. ›Hast du Heimweh, Ellen?‹, fragte ich.

›Ich weiß es nicht!‹ – Eine Weile stand ich schweigend vor ihr.

›Was hast du denn da in der Hand?‹ – ›Willst du es haben?‹

Es war eine Börse von dunkelroter Seide. ›Wenn du sie für mich gemacht hast‹, sagte ich; denn ich hatte die Arbeit in den Tagen zuvor in ihren Händen gesehen und wohl bemerkt, wie Ellen sie, sobald ich näher kam, in ihrem Nähkästchen verschwinden ließ. – Aber Ellen antwortete nicht und gab mir auch nicht ihr Angebinde. Sie stand auf und putzte das Licht, dass es plötzlich ganz hell im Zimmer wurde. ›Komm‹, sagte sie, ›der Baum brennt ab, und Onkel Erich will noch Zuckerzeug bescheren!‹ Damit wehte sie sich mit ihrem Schnupftuch ein paarmal um die Augen und ging in die Weihnachtsstube zurück, und als wir dann später am Pochbrett saßen, war sie die Ausgelassenste von allen. Von meinem Weihnachtsgeschenk war weiter nicht die Rede. – – Aber weißt du, Frau?« – und er ließ ihre Hand los, die er bis dahin festgehalten – »die Mädchen sollten nicht so eigensinnig sein; das hat mir damals keine Ruh gelassen; ich musste doch die Börse haben, und darüber –«

»Darüber, Paul? – Sprich nur dreist heraus!«

»Nun, hast du denn von der Geschichte nichts gehört? darüber bekam ich nun auch noch das Mädchen in den Kauf.«

»Freilich«, sagte sie, und er sah bei dem hellen Mondschein in ihren Augen etwas blitzen, das ihn an das übermütige Mädchen erinnerte, das sie einst gewesen, »freilich weiß ich von der Geschichte, und ich kann sie dir auch erzählen; aber es war ein Jahr später, nicht am Weihnachts-, sondern am Neujahrsabend, und auch nicht hüben, sondern drüben.«

Sie räumte das Dintenfass und einige Papiere beiseite und setzte sich ihrem Mann gegenüber auf den Schreibtisch. »Der Vetter war bei Ellens Eltern zum Besuch, bei dem alten prächtigen Kirchspielvogt, der damals noch ein starker Nimrod war. – Ellen hatte noch niemals einen so schönen und langen Brief bekommen als den, worin der Vetter sich bei ihnen angemeldet; aber so gut wie mit der Feder wusste er mit der Flinte nicht umzugehen. Und dennoch, tat es die Landluft oder der schöne Gewehrschrank im Zimmer des Kirchspielvogts, es war nicht anders, er musste alle Tage auf die Jagd. Und wenn er dann abends durchnässt mit leerer Tasche nach Hause kam und die Flinte schweigend in die Ecke setzte – wie behaglich ergingen sich da die Stichelreden des alten Herrn. – ›Das heißt Malheur, Vetter; aber die Hasen sind heuer alle wild geraten!‹ – Oder: ›Mein Herzensjunge, was soll die Diana einmal von dir denken!‹ Am meisten aber – – du hörst doch, Paul?«

»Ich höre, Frau.«

»Am meisten plagte ihn die Ellen; sie setzte ihm heimlich einen Strohkranz auf, sie band ihm einen Gänseflügel vor den

Flintenlauf; eines Vormittags – weißt du, es war Schnee gefallen – hatte sie einen Hasen, den der Knecht geschossen, aus der Speisekammer geholt, und eine Weile darauf saß er noch einmal auf seinem alten Futterplatz im Garten, als wenn er lebte, ein Kohlblatt zwischen den Vorderläufen. Dann hatte sie den Vetter gesucht und an die Hoftür gezogen. ›Siehst du ihn, Paul? dahinten im Kohl; die Löffel gucken aus dem Schnee!‹ – Er sah ihn auch; seine Hand zitterte. ›Still, Ellen! Sprich nicht so laut! Ich will die Flinte holen!‹ Aber als kaum die Tür nach des Vaters Stube hinter ihm zuklappte, war Ellen schon wieder in den Schnee hinausgelaufen, und als er endlich mit der geladenen Flinte heranschlich, hing auch der Hase schon wieder an seinem sicheren Haken in der Speisekammer. – Aber der Vetter ließ sich geduldig von ihr plagen.«

»Freilich«, sagte der Amtsrichter und legte seine Arme behaglich auf die Lehne seines Sessels, »er hatte ja die Börse noch immer nicht!«

»Drum auch! Die lag noch unangerührt droben in der Kommode, in Ellens Giebelstübchen. Aber – wo die Ellen war, da war der Vetter auch; heißt das, wenn er nicht auf der Jagd war. Saß sie drinnen an ihrem Nähtisch, so hatte er gewiss irgendein Buch aus der Polterkammer geholt und las ihr daraus vor; war sie in der Küche und backte Waffeln, so stand er neben ihr, die Uhr in der Hand, damit das Eisen zur rechten Zeit gewendet würde. – So kam die Neujahrsnacht. Am Nachmittage hatten beide auf dem Hofe mit des Vaters Pistolen nach goldenen Eiern geschossen, die Ellen vom Weihnachtsbaum ihrer Geschwister abgeschnitten; und der Vetter hatte unter dem Händeklatschen der Kleinen zweimal das goldene Ei getroffen. Aber war's nun, weil er am andern Tage reisen musste, oder war's, weil Ellen fortlief, als er sie vorhin allein in ihrem Zimmer aufgesucht hatte – es war gar nicht mehr der geduldige Vetter – er tat kurz und unwirsch und sah kaum nach ihr hin. – Das blieb den ganzen Abend so; auch als man später sich zu Tische setzte. Ellens Mutter warf wohl einmal einen fragenden Blick auf die beiden, aber sie sagte nichts darüber. Der Kirchspielvogt hatte auf andere Dinge zu achten, er schenkte den Punsch, den er eigenhändig gebraut hatte; und als es drunten im Dorfe zwölf schlug, stimmte er das alte Neujahrslied von Johann Heinrich Voß an, das nun getreulich durch alle Verse abgesungen wurde. Dann rief man ›Prost Neujahr!‹ und schüttelte sich die Hände, und auch Ellen reichte dem Vetter ihre Hand; aber er berührte kaum ihre Fingerspitzen. – So war's auch, da man sich bald darauf gute Nacht sagte. – Als das Mädchen droben allein in ihrem Giebelstübchen war – und nun merk auf, Paul, wie ehrlich ich erzähle! – da hatte sie keine Ruh zum Schlafen; sie setzte sich still auf die Kante ihres Bettes, ohne sich auszukleiden und ohne der klingenden Kälte in der ungeheizten Kammer zu achten. Denn es kränkte sie doch; sie hatte dem Menschen ja nichts zuleid getan. Freilich, er hatte sie gestern noch gefragt, ob sie den Hasen nicht wieder im Kohl gesehen; und sie hatte dazu den Kopf geschüttelt. – War es etwa das, und wusste er denn, dass er den Hasen schon vor drei Tagen selbst hatte mit verzehren helfen? – – Sie wollte den schönen Brief des Vetters einmal wieder lesen. Aber als sie in die Tasche langte, vermisste sie den Kommodenschlüssel. Sie ging mit dem Lichte hinab in die Wohnstube, und von dort, als sie ihn nicht gefunden, in die Küche, wo sie vorhin gewirtschaftet hatte. Von all dem Sieden und Backen des Abends war es noch warm in dem großen dunklen Raume. Und richtig, dort lag der Schlüssel auf dem Fensterbrett. Aber sie stand noch einen Augenblick und blickte durch die Scheiben in die Nacht hinaus. – So hell und weit dehnte sich das Schneefeld; dort unten zerstreut lagen die schwarzen Strohdächer des Dorfes; unweit des Hauses zwischen den kahlen Zweigen der Silberpappeln erkannte sie deutlich die großen Krähennester; die Sterne funkelten. Ihr fiel ein alter Reim ein, ein Zauberspruch, den sie vor Jahr und Tag von der Tochter des Schulmeisters gelernt hatte. Hinter ihr im Hause war es so still und leer; sie schauerte; aber trotzdessen wuchs in ihr das Gelüste, es mit den unheimlichen Dingen zu versuchen. So trat sie zögernd ein paar Schritte zurück. Leise zog sie den einen Schuh vom Fuße, und die Augen nach den Sternen und tief aufatmend sprach sie: ›Gott grüß dich, Abendstern!‹ – – Aber was war das? Ging hinten nicht die Hoftür? Sie trat ans Fenster und horchte. – Nein, es knarrte wohl nur die große Pappel an der Giebelseite des Hauses. – Und noch einmal hub sie leise an und sprach:

›Gott grüß dich, Abendstern!
Du scheinst so hell von fern,
Über Osten, über Westen,
Über alle Krähennesten.

Ist einer zu mein Liebchen geboren,
Ist einer zu mein Liebchen erkoren,
Der komm, als er geht,

Als er steht,
In sein täglich Kleid!‹

Dann schwenkte sie den Schuh und warf ihn hinter sich. Aber sie wartete vergebens; sie hörte ihn nicht fallen. Ihr wurde seltsam zumute, das kam von ihrem Vorwitz! Welch unheimlich Ding hatte ihren Schuh gefangen, eh er den Boden erreicht hatte? – Einen Augenblick noch stand sie so; dann mit dem letzten Restchen ihres Mutes wandte sie langsam den Kopf zurück. – Da stand ein Mann in der dunklen Tür, und es war Paul; er war richtig noch einmal auf den unglücklichen Hasen ausgewesen!«

»Nein, Ellen«, sagte der Amtsrichter, »du weißt es wohl; das war er denn doch diesmal nicht; er hatte nur, wie du, auch keine Ruhe gefunden; – aber nun hielt er den kleinen Schuh des Mädchens in der Hand; und Ellen hatte sich am Herd auf einen Stuhl gesetzt, mit geschlossenen Augen, die Hände gefaltet vor sich in den Schoß gestreckt. Es war kein Zweifel mehr, dass sie sich ganz verloren gab; denn sie wusste wohl, dass der Vetter alles gehört und gesehen hatte. – Und weißt du auch noch die Worte, die er zu ihr sprach?«

»Ja, Paul, ich weiß sie noch; und es war sehr grausam und wenig edel von ihm. ›Ellen‹, sagte er, ›ist noch immer die Börse nicht für mich gemacht?‹ Doch Ellen tat ihm auch diesmal den Gefallen nicht; sie stand auf und öffnete das Fenster, dass von draußen die Nachtluft und das ganze Sterngefunkel zu ihnen in die Küche drang.«

»Aber«, unterbrach er sie, »Paul war zu ihr getreten und sie legte still den Kopf an seine Brust; und noch höre ich den süßen Ton ihrer Stimme, als sie so, in die Nacht hinausnickend, sagte: ›Gott grüß dich, Abendstern!‹«

Die Tür wurde rasch geöffnet; ein kräftiger, etwa zehnjähriger Knabe trat mit einem brennenden Licht ins Zimmer. »Vater! Mutter!«, rief er, indem er die Augen mit der Hand beschattete. »Hier ist Moos und Efeu und auch noch ein Wacholderzweig!«

Der Amtsrichter war aufgestanden. »Bist du da, mein Junge!«, sagte er und nahm ihm die Botanisiertrommel mit den heimgebrachten Schätzen ab.

Frau Ellen aber ließ sich schweigend von dem Schreibtisch herabgleiten und schüttelte sich ein wenig wie aus Träumen. Sie legte beide Hände auf ihres Mannes Schultern und blickte ihn eine Weile voll und herzlich an. Dann nahm sie die Hand des Knaben. »Komm, Harro«, sagte sie, »wir wollen Weihnachtsgärten bauen!«

Der Weihnachtsabend

Der Weihnachtsabend begann zu dämmern. – Der Amtsrichter war mit seinem Sohne auf der Rückkehr von einem Spaziergange; Frau Ellen hatte sie auf ein Stündchen fortgeschickt. Vor ihnen im Grunde lag die kleine Stadt; sie sahen deutlich, wie aus allen Schornsteinen der Rauch emporstieg; denn dahinter am Horizont stand feuerfarben das Abendrot. – Sie sprachen von den Großeltern drüben in der alten Heimat; dann von den letzten Weihnachten, die sie dort erlebt hatten.

»Und am Vorabend«, sagte der Vater, »als Knecht Ruprecht zu uns kam mit dem großen Bart und dem Quersack und der Rute in der Hand!«

»Ich wusste wohl, dass es Onkel Johannes war«, erwiderte der Knabe, »der hatte immer so etwas vor!«

»Weißt du denn auch noch die Worte, die er sprach?«

Harro sah den Vater an und schüttelte den Kopf.

»Wart nur«, sagte der Amtsrichter, »die Verse liegen zu Haus in meinem Pult; vielleicht bekomm ich's noch beisammen!« Und nach einer Weile fuhr er fort: »Entsinne dich nur, wie erst die drei Rutenhiebe von draußen auf die Tür fielen und wie dann die raue borstige Gestalt mit der großen Hakennase in die Stube trat!« Dann hub er langsam und mit tiefer Stimme an:

»Von drauß' vom Walde komm ich her,
Ich muss euch sagen, es weihnachtet sehr!
Allüberall auf den Tannenspitzen
Sah ich goldene Lichtlein sitzen.
Und droben aus dem Himmelstor
Sah mit großen Augen das Christkind hervor.
Und wie ich so strolcht' durch den dichten Tann,
Da rief's mich mit heller Stimme an;
›Knecht Ruprecht‹, rief es, ›alter Gesell,
Hebe die Beine und spute dich schnell!
Die Kerzen fangen zu brennen an,
Das Himmelstor ist aufgetan,
Alt' und Junge sollen nun
Von der Jagd des Lebens einmal ruhn;
Und morgen flieg ich hinab zur Erden,
Denn es soll wieder Weihnachten werden!‹

Ich sprach: ›Oh, lieber Herre Christ,
Meine Reise fast zu Ende ist;
Ich soll nur noch in diese Stadt,
Wo's eitel brave Kinder hat.‹
›Hast denn das Säcklein auch bei dir?‹
Ich sprach: ›Das Säcklein, das ist hier;
Denn Apfel, Nuss und Mandelkern
Fressen fromme Kinder gern!‹
›Hast denn die Rute auch bei dir?‹
Ich sprach: ›Die Rute, die ist hier!
Doch für die Kinder nur, die schlechten,
Die trifft sie auf den Teil, den rechten!‹
Christkindlein sprach: ›So ist es recht,
So geh mit Gott mein treuer Knecht!‹
Von drauß' vom Walde komm ich her;
Ich muss euch sagen, es weihnachtet sehr!
Nun sprecht, wie ich's hierinnen find?
Sind's gute Kind, sind's böse Kind?

Aber«, fuhr der Amtsrichter mit veränderter Stimme fort, »ich sagte dem Knecht Ruprecht:

›Der Junge ist von Herzen gut,
Hat nur mitunter was trotzigen Mut!‹«

»Ich weiß, ich weiß!«, rief Harro triumphierend; und den Finger emporhebend und mit listigem Ausdruck setzte er hinzu: »Dann kam so etwas!«

»Was dich in großes Geschrei brachte; denn Knecht Ruprecht schwang seine Rute und sprach:

›Heißt es bei euch denn nicht mitunter:
Nieder den Kopf und die Hosen herunter?‹«

»Oh«, sagte Harro, »ich fürchtete mich nicht; ich war nur zornig auf den Onkel!«

Über der Stadt, die sie jetzt fast erreicht hatten, stand nur noch ein fahler Schein am Himmel. Es dunkelte schon; aber es begann zu schneien; leise und emsig fielen die Flocken und der Weg schimmerte schon weiß zu ihren Füßen.

Vater und Sohn waren eine Weile schweigend nebeneinander hergegangen. – »Am Abend darauf«, hub der Amtsrichter wieder an, »brannte der letzte Weihnachtsbaum, den du gehabt hast. Es war damals eine bewegte Zeit; sogar das Zuckerwerk zwischen den Tannenzweigen war kriegerisch geworden: unsere ganze Armee, Soldaten zu Pferde und zu Fuß! – Von alledem ist nun nichts mehr übrig!«, setzte er leiser und wie mit sich selbst redend hinzu.

Der Knabe schien etwas darauf erwidern zu wollen, aber ein anderes hatte plötzlich seine Gedanken in Anspruch genommen. – Es war ein großer bärtiger Mann, der vor ihnen aus einem Seitenwege auf die Landstraße herauskam. Auf der Schulter balancierte er ein langes stangenartiges Gepäck, während er mit einem Tannenzweig, den er in der Hand hielt, bei jedem Schritt in die Luft peitschte. Wie er vorüberging, hatte Harro in der Dämmerung noch die große rote Hakennase erkannt, die unter der Pelzmütze hinausragte. Auch einen Quersack trug der Mann, der anscheinend mit allerhand eckigen Dingen angefüllt war. Er ging rasch vor ihnen auf.

»Knecht Ruprecht!«, flüsterte der Knabe, »hebe die Beine und spute dich schnell!«

Das Gewimmel der Schneeflocken wurde dichter, sie sahen ihn noch in die Stadt hinabgehen; dann entschwand er ihren Augen; denn ihre Wohnung lag eine Strecke weiter außerhalb des Tores.

»Freilich«, sagte der Amtsrichter, indem sie rüstig zuschritten, »der Alte kommt zu spät; dort unten in der Gasse leuchteten schon alle Fenster in den Schnee hinaus.«

Endlich war das Haus erreicht. Nachdem sie auf dem Flur die beschneiten Überkleider abgetan, traten sie in das Arbeitszimmer des Amtsrichters. Hier war heute der Tee serviert; die große Kugellampe brannte, alles war hell und aufgeräumt. Auf der saubern Damastserviette stand das feinlackierte Teebrett mit den Geburtstagstassen und dem rubinroten Zuckerglase; daneben auf dem Fußboden in dem Komfort von Mahagonistäbchen mit blankem Messingeinsatz kochte der Kessel, wie es sein muss, auf gehörig durchgeglühten Torfkohlen; wie daheim einst in der großen Stube des alten Familienhauses, so dufteten auch hier in dem kleinen Stübchen die braunen Weihnachtskuchen nach dem Rezept der Urgroßmutter. – Aber während die Mutter nebenan im Wohnzimmer noch das Fest bereitete, blieben Vater und Sohn allein; kein Onkel Erich kam, ihnen feiern zu helfen. Es war doch anders als daheim.

Ein paarmal hatte Harro mit bescheidenem Finger an die Tür gepocht, und ein leises »Geduld!« der Mutter war die Antwort gewesen. Endlich trat Frau Ellen selbst herein. Lächelnd – aber ein leiser Zug von Weh war doch dabei – streckte sie ihre Hände aus und zog ihren Mann und ihren Knaben, jeden bei einer Hand, in die helle Weihnachtsstube.

Es sah freundlich genug aus. Auf dem Tische in der Mitte, zwischen zwei Reihen brennender Wachskerzen, stand das kleine Kunstwerk, das Mutter und Sohn in den Tagen vorher sich selbst geschaffen hatten, ein Garten im Geschmack des vorigen Jahrhunderts mit glattgeschorenen Hecken und dunklen Lauben; alles von Moos und verschiedenem Wintergrün zierlich zusammengestellt. Auf dem Teiche von Spiegelglas schwammen zwei weiße Schwäne; daneben vor dem chinesischen Pavillon standen kleine Herren und Damen von Papiermaché in Puder und Kontuschen. – Zu beiden Seiten lagen die Geschenke für den Knaben; eine scharfe Lupe für die Käfersammlung, ein paar bunte Münchener Bilderbogen, die nicht fehlen durften, von Schwind und Otto Speckter; ein Buch in rotem Halbfranzband; dazwischen ein kleiner Globus in schwarzer Kapsel, augenscheinlich schon ein altes Stück. »Es war Onkel Erichs letzte Weihnachtsgabe an mich«, sagte der Amtsrichter, »nimm du es nun von mir! Es ist mir in diesen Tagen aufs Herz gefallen, dass ich ihm die Freude, die er mir als Kind gemacht, in späterer Zeit nicht einmal wieder gedankt –; nun haben sie mir den alten Herrn im letzten Herbst begraben!«

Frau Ellen legte den Arm um ihren Mann und führte ihn an den Spiegeltisch, auf dem heute die beiden silbernen Armleuchter brannten. Auch ihm hatte sie beschert; das Erste aber, wonach seine Hand langte, war ein kleines Lichtbild. Seine Augen ruhten lange darauf, während Frau Ellen still zu ihm emporsah. Es war sein elterlicher Garten; dort unter dem Ahorn vor dem Lusthause standen die beiden Alten selbst, das noch dunkle volle Haar seines Vaters war deutlich zu erkennen.

Der Amtsrichter hatte sich umgewandt; es war, als suchten seine Augen etwas. Die Lichter an den Moosgärtchen brannten knisternd fort; in ihrem Schein stand der Knabe vor dem aufgeschlagenen Weihnachtsbuch. Aber droben unter der Decke des hohen Zimmers war es dunkel; der Tannenbaum fehlte, der das Licht des Festes auch dort hinaufgetragen hätte.

Da klingelte draußen im Flur die Glocke, und die Haustür wurde polternd aufgerissen. »Wer ist denn das?«, sagte Frau Ellen; und Harro lief zur Tür und sah hinaus.

Draußen hörten sie eine raue Stimme fragen: »Bin ich denn hier recht beim Herrn Amtsrichter?« Und in demselben Augenblicke wandte auch der Knabe den Kopf zurück und rief: »Knecht Ruprecht; Knecht Ruprecht!« Dann zog er Vater und Mutter mit sich aus der Tür.

Es war der große bärtige Mann, der den beiden Spaziergängern vorhin oberhalb der Stadt begegnet war; bei dem Schein des Flurlämpchens sahen sie deutlich die rote Hakennase unter der beschneiten Pelzmütze leuchten. Sein langes Gepäck hatte er gegen die Wand gelehnt. »Ich habe das hier abzugeben!«, sagte er, indem er auch den schweren Quersack von der Schulter nahm.

»Von wem denn?«, fragte der Amtsrichter.

»Ist mir nichts von aufgetragen worden.«

»Wollt Ihr denn nicht nähertreten?«

Der Alte schüttelte den Kopf. »Ist alles schon besorgt! Habt gute Weihnacht beieinander!« Und indem er noch einmal mit der großen Nase nickte, war er schon zur Tür hinaus.

»Das ist eine Bescherung!«, sagte Frau Ellen fast ein wenig schüchtern.

Harro hatte die Haustür aufgerissen. Da sah er die große dunkele Gestalt schon weithin auf dem beschneiten Wege hinausschreiten.

Nun wurde die Magd herbeigerufen, deren Bescherung durch dieses Zwischenspiel bis jetzt verzögert war; und als mit ihrer Hilfe die verhüllten Dinge in das helle Weihnachtszimmer gebracht waren, kniete Frau Ellen auf dem Fußboden und begann mit ihrem Trennmesser die Nähte des großen Packens aufzulösen. Und bald fühlte sie, wie es von innen heraus sich dehnte und die immer schwächer werdenden Bande zu sprengen strebte; und als der Amtsrichter, der bisher schweigend dabeigestanden, jetzt die letzte Hüllen abgestreift hatte und es aufrecht vor sich hingestellt hielt, da war's ein ganzer mächtiger Tannenbaum, der nun nach allen Seiten seine entfesselten Zweige ausbreitete. Lange schmale Bänder von Knittergold rieselten und blitzten überall von den Spitzen durch das dunkele Grün herab; auch die Tannäpfel waren golden, die unter allen Zweigen hingen.

Harro war indes nicht müßig gewesen, er hatte den Quersack aufgebunden; mit leuchtenden Augen brachte er einen flachen, grün lackierten Kasten geschleppt. »Horch, es rappelt!«, sagte er. »Es ist ein Schubfach darin!« Und als sie es aufgezogen, fanden sie wohl ein Schock der feinsten weißen Wachskerzchen.

»Das kommt von einem echten Weihnachtsmann«, sagte der

Amtsrichter, indem er einen Zweig des Baumes herunterzog, »da sitzen schon überall die kleinen Blechlampetten!«

Aber es war nicht nur ein Schubfach in dem Kasten; es war auch obenauf ein Klötzchen mit einem Schraubengang. Der Amtsrichter wusste Bescheid in diesen Dingen; nach einigen Minuten war der Baum eingeschroben und stand fest und aufrecht, seine grüne Spitze fast bis zur Decke streckend. – Die alte Magd hatte ihre Schüssel mit Äpfeln und Pfeffernüssen stehen lassen; während die andern drei beschäftigt waren, die Wachskerzen aufzustecken, stand sie neben ihnen, ein lebendiger Kandelaber, in jeder Hand einen brennenden Armleuchter emporhaltend. – Sie war aus der Heimat mit herübergekommen und hatte sich von allen am schwersten in den Brauch der Fremde gefunden. Auch jetzt betrachtete sie den stolzen Baum mit misstrauischen Augen. »Die goldenen Eier sind denn doch vergessen!«, sagte sie.

Der Amtsrichter sah sie lächelnd an: »Aber, Margret, die goldenen Tannäpfel sind doch schöner!«

»So, meint der Herr? Zu Hause haben wir immer die goldenen Eier gehabt.«

Darüber war nicht zu streiten; es war auch keine Zeit dazu. Harro hatte sich indessen schon wieder über den Quersack hergemacht. »Noch nicht anzünden!«, rief er, »das Schwerste ist noch darin!«

Es war ein fest vernageltes hölzernes Kistchen. Aber der Amtsrichter holte Hammer und Meißel aus seinem Gerätkästchen; nach ein paar Schlägen sprang der Deckel auf und eine Fülle weißer Papierspäne quoll ihnen entgegen. – »Zuckerzeug!«, rief Frau Ellen und streckte schützend ihre Hände darüber aus. »Ich wittere Marzipan! Setzt euch; ich werde auspacken!«

Und mit vorsichtiger Hand langte sie ein Stück nach dem andern heraus und legte es auf den Tisch, das nun von Vater und Sohn aus dem umhüllenden Seidenpapier herausgewickelt wurde.

»Himbeeren!«, rief Harro. »Und Erdbeeren, ein ganzer Strauß!«

»Aber siehst du es wohl?«, sagte der Amtsrichter, »es sind Walderdbeeren; so welche wachsen in den Gärten nicht.«

Dann kam, wie lebend, allerlei Geziefer; Hornisse und Hummeln und was sonst im Sonnenschein an stillen Waldplätzchen umherzusummen pflegt, zierlich aus Dragant gebildet, mit goldbestäubten Flügeln; nun eine Honigwabe – die Zellen mochten mit Likör gefüllt sein –, wie sie die wilde Biene in den Stamm der hohlen Eiche baut; und jetzt ein großer Hirschkäfer, von Schokolade, mit gesperrten Zangen und ausgebreiteten Flügeldecken. »Cervus lucanus!«, rief Harro und klatschte in die Hände.

An jedem Stück war, je nach der Größe, ein lichtgrünes Seidenbändchen. Sie konnten der Lockung nicht widerstehen; sie begannen schon jetzt, den Baum damit zu schmücken, während Frau Ellens Hände noch immer neue Schätze ans Licht förderten.

Bald schwebte zwischen den Immen auch eine Schar von Schmetterlingen an den Tannenspitzen; da waren der Himbeerfalter, die silberblaue Daphnis und der olivenfarbige Waldargus, und wie sie alle heißen mochten, die Harro hier vergebens aufzujagen gesucht hatte. – Und immer schwerer wurden die Päckchen, die eins nach dem andern von den eifrigen Händen geöffnet wurden. Denn jetzt kam das Geschlecht des größern Geflügels; da kam der Dompfaff und der Buntspecht, ein Paar Kreuzschnäbel, die im Tannenwald daheim sind; und jetzt – Frau Ellen stieß einen leichten Schrei aus – ein ganzes Nest voll kleiner schnäbelaufsperrender Vögel; und Vater und Sohn gerieten miteinander in Streit, ob es Goldhähnchen oder junge Zeisige seien, während Harro schon das kleine Heimwesen im dichtesten Tannengrün verbarg.

Noch ein Waldbewohner erschien; er musste vom Buchenrevier herübergekommen sein; ein Eichhörnchen von Marzipan, in halber Lebensgröße, mit erhobenem Schweif und klugen Augen.

»Und nun ist's alle!«, rief Frau Ellen. Aber nein, ein schweres Päckchen noch! Sie öffnete es und verbarg es dann ebenso rasch wieder in beiden Händen. »Ein Prachtstück!«, rief sie, »aber nein, Paul; ich bin edelmütiger als du; ich zeig's dir nicht!«

Der Amtsrichter ließ sich das nicht anfechten; er brach ihr die nicht gar zu ernstlich geschlossenen Hände auseinander, während sie lachend über ihn wegschaute.

»Ein Hase!«, jubelte Harro, »er hat ein Kohlblatt zwischen den Vorderpfötchen!«

Frau Ellen nickte: »Freilich, er kommt auch eben aus des alten Kirchspielvogts Garten!«

»Harro, mein Junge«, sagte der Amtsrichter, indem er drohend den Finger gegen seine Frau erhob; »verspricht mir, diesen Hasen zu verspeisen, damit er gründlich aus der Welt komme!«

Das versprach Harro.

Der Baum war voll, die Zweige bogen sich; die alte Margret stöhnte, sie könne die Leuchter nicht mehr halten, sie habe gar keine Arme mehr am Leibe.

Aber es gab wieder neue Arbeit. »Anzünden!«, kommandierte der Amtsrichter; und die kleinen und großen Weihnachtskinder standen mit heißen Gesichtern, kletterten auf Schemel und Stühle und ließen nicht ab, bis alle Kerzen angezündet waren.

Der Baum brannte, das Zimmer war von Duft und Glanz erfüllt; es war nun wirklich Weihnachten geworden.

Ein wenig müde von der ungewohnten Anstrengung saß der Amtsrichter auf dem Sofa, nachsinnend in den gegenüberhängenden großen Wandspiegel blickend, der das Bild des brennenden Baums zurückstrahlte.

Frau Ellen, die ganz heimlich ein wenig aufzuräumen begann, wollte eben die geleerte Kiste an die Seite setzen, als sie wie in Gedanken noch einmal mit der Hand durch die Papierspäne streifte. Sie stutzte. »Unerschöpflich!«, sagte sie lächelnd. – Es war ein Star von Schokolade, den sie hervorgeholt hatte. »Und, Paul«, fuhr sie fort, »er spricht!«

Sie hatte sich zu ihm auf die Sofalehne gesetzt, und beide lasen nun gemeinschaftlich den beschriebenen Zettel, den der Vogel in seinem Schnabel trug: »Einen Wald- und Weihnachtsgruß von einer dankbaren Freundin!«

»Also von ihr!«, sagte der Amtsrichter, »ihr Herz hat ein gutes Gedächtnis. Knecht Ruprecht musste einen tüchtigen Weg zurücklegen; denn das Gut liegt fünf ganze Meilen von hier.«

Frau Ellen legte den Arm um ihres Mannes Nacken. »Nicht wahr, Paul, wir wollen auch nicht undankbar gegen die Fremde sein?«

»Oh, ich bin nicht undankbar – aber – –«

»Was denn aber, Paul?«

»Was mögen drüben jetzt die Alten machen!«

Sie antwortete nicht darauf; sie gab ihm schweigend ihre Hand.

»Wo ist Harro?«, fragte er nach einer Weile.

Harro war eben wieder ins Zimmer getreten; aus einer Schachtel, die er mit sich brachte, nahm er eine kleine verblichene Figur und befestigte sie sorgfältig an einen Zweig des Tannenbaums. Die Eltern hatten es wohl erkannt; es war ein Stück von dem Zuckerzeug des letzten heimatlichen Weihnachtsbaums; ein Dragoner auf schwarzem Pferde in langem graublauem Mantel. Der Knabe stand davor und betrachtete es unbeweglich; seine großen blauen Augen unter der breiten Stirn wurden immer finsterer. »Vater«, sagte er endlich, und seine Stimme zitterte, »es war doch schade um unser schönes Heer! – Wenn sie es nur nicht aufgelöst hätten – ich glaube, dann wären wir wohl noch zu Hause!«

Eine lautlose Stille folgte, als der Knabe das gesprochen. Dann rief der Vater seinen Sohn und zog ihn dicht an sich heran. »Du kennst noch das alte Haus deiner Großeltern«, sagte er, »du bist vielleicht das letzte Kind von den Unseren, das noch auf den großen übereinandergetürmten Bodenräumen gespielt hat; denn die Stunde ist nicht mehr fern, dass es in fremde Hand kommen wird. – Einer deiner Urahnen hat es einst für seinen Sohn gebaut. Der junge Mann fand es fertig und ausgestattet vor, als er nach mehrjähriger Abwesenheit in den Handelsstädten Frankreichs nach seiner Heimat zurückkehrte. Bei seinem Tode hat er es seinen Nachkommen hinterlassen, und sie haben darin gewohnt als Kaufherren und Senatoren oder, nachdem sie sich dem Studium der Rechte zugewandt hatten, als Bürgermeister oder Syndizi ihrer Vaterstadt. Es waren angesehene und wohldenkende Männer, die im Lauf der Zeit ihre Kraft und ihr Vermögen auf mannigfache Weise ihren Mitbürgern zugutekommen ließen. So waren sie wurzelfest geworden in der Heimat. Noch in meiner Knabenzeit gab es unter den tüchtigeren Handwerkern fast keine Familie, wo nicht von den Voreltern oder Eltern eines in den Diensten der Unserigen gestanden hätte; sei es auf den Schiffen oder in den Fabriken oder auch im Hause selbst. – Es waren das Verhältnisse des gegenseitigen Vertrauens; jeder rühmte sich des andern und suchte sich des andern wert zu zeigen; wie ein Erbe ließen es die Eltern ihren Kindern; sie kannten sich alle, über Geburt und Tod hinaus, denn sie kannten Art und Geschlecht der Jungen, die geboren wurden, und der Alten, die vor ihnen dagewesen waren.« – – Der Amtsrichter schwieg einen Augenblick, während der Knabe unbeweglich zu ihm emporsah. »Aber nicht allein in die Höhe«, fuhr er fort, »auch in die Tiefe haben deine Voreltern gebaut; zu dem steinernen Hause in der Stadt gehörte die Gruft draußen auf dem Kirchhof; denn auch die Toten sollten noch beisammen sein. – Und seltsam, da ich des inneward, dass ich fort musste, mein erster Gedanke war, ich könnte dort den Platz verfehlen. – – Ich habe sie mehr als einmal offen gesehen; das letzte Mal, als deine Urgroßmutter starb, eine Frau in hohen Jahren, wie sie den Unserigen vergönnt zu sein pflegen. – Ich vergesse den Tag nicht. Ich war hinabgestiegen und stand unten in der Dunkelheit zwischen den Särgen, die neben und über mir auf den eisernen Stangen ruhten; die ganze alte Zeit, eine ernste schweigsame Gesellschaft. Neben mir war der Totengräber, ein eisgrauer Mann. Aber einst war er jung gewesen und hatte als Kutscher, den schwarzen Pudel zwischen den Knien, die Rappen meines Großvaters gefahren. – Er stand an einen hohen Sarg gelehnt und ließ wie liebkosend seine Hand über das schwarze Tuch des Deckels gleiten. ›Dat is min ole Herr!‹, sagte er in seinem Plattdeutsch, ›dat weer en gude Mann!‹ – Mein Kind, nur dort zu Hause konnte ich solche Worte hören. Ich neigte unwillkürlich das Haupt; denn mir war, als fühlte ich den Segen der Heimat sich leibhaftig auf mich niedersenken. Ich war der Erbe dieser Toten; sie selbst waren zwar dahingegangen; aber ihre Güte und Tüchtigkeit lebte noch und war für mich da und half mir, wo ich selber irrte, wo meine Kräfte mich verließen. – – Und auch jetzt noch, wenn ich – mir und den Meinen nicht zur Freude, aber getrieben von jenem geheimnisvollen Weh, auf kurze Zeit zurückkehrte, ich weiß es wohl, dem sich dann alle Hände dort entgegenstreckten, das war nicht ich allein.«

Er war aufgestanden und hatte einen Fensterflügel aufgestoßen. Weithin dehnte sich das Schneefeld; der Wind sauste; unter den Sternen vorüber jagten die Wolken; dorthin, wo in unsichtbarer Ferne ihre Heimat lag. – Er legte fest den Arm um seine Frau, die ihm schweigend gefolgt war; seine lichtblauen Augen lugten scharf in die Nacht hinaus. »Dort!«, sprach er leise; »ich will den Namen nicht nennen; er wird nicht gern gehört in deutschen Landen; wir wollen ihn still in unserm Herzen sprechen, wie die Juden das Wort für den Allerheiligsten.« Und er ergriff die Hand seines Kindes und presste sie so fest, dass der Junge die Zähne zusammenbiss.

Noch lange standen sie und blickten dem dunkeln Zuge der Wolken nach. – Hinter ihnen im Zimmer ging lautlos die alte Magd umher und hütete sorgsamen Auges die allmählich niederbrennenden Weihnachtskerzen.

Verzeichnis der Autorinnen und Autoren, Texte und Druckvorlagen

HANS CHRISTIAN ANDERSEN (1805–1875)

7 Der Tannenbaum

H. C. A.: Märchen und Gedichte. Hrsg. und übers. von Heinrich Detering. Stuttgart: Reclam 2012. S. 149–159.

WOLFGANG BORCHERT (1921–1947)

86 Die drei dunklen Könige

W. B.: Das Gesamtwerk. Hrsg. von Michael Töteberg. Reinbek bei Hamburg: Rowohlt, 1949.

HANS FALLADA (1893–1947)

17 Lüttenweihnachten

H. F. Gesammelte Erzählungen. Reinbek bei Hamburg: Rowohlt, 1967. S. 275–277.

EMMY BALL-HENNINGS (1885–1948)

65 König Salomos Zepter und die Krone der Königin von Saba

E. H.-B.: Märchen am Kamin. Frankfurt a. M.: Insel, 1986. S. 9–31.

SELMA LAGERLÖF (1858–1940)

23 Die Legende von der Christrose

S. L.: Sancta Lucia. Weihnachtliche Geschichten. Hrsg. von Christel Hildebrandt und Gabriele Haefs. Stuttgart: Reclam, 2013. S. 44–66.

ROBERT LOUIS STEVENSON (1850–1894)

41 Markheim

R. L. S.: Markheim. München: Georg Müller, 1926.

THEODOR STORM (1817–1888)

117 Unter dem Tannenbaum
T. S.: Gesammelte Schriften. Braunschweig: Westermann, 1862. [gekürzt]

JOSEPH VIKTOR WIDMANN (1842–1911)

89 Öhmchens Weihnachtsbaum
J. V. W.: Aus dem Fasse der Danaiden. Zürich: Schmidt, 1884.

OSCAR WILDE (1854–1900)

98 Das Sternenkind
O. W.: Die Märchen. Übers. von Hans-Christian Oeser. Stuttgart: Reclam, 2008.

Umschlagabbildung: Gabriele Münter: Weihnachtsstillleben (Das Bild befindet sich in der Kunstsammlung Nordrhein-Westfalen, Düsseldorf) – © VG Bild-Kunst, Bonn 2025 / © Christie‹s Images / Bridgeman Images. CH1768399

RECLAM TASCHENBUCH Nr. 20776
2025 Philipp Reclam jun. Verlag GmbH,
Siemensstraße 32, 71254 Ditzingen
info@reclam.de
Umschlaggestaltung: Philipp Reclam jun. Verlag GmbH
Umschlagmaterial: PEYVIDA puro 270 g/m², peyer cover gmbh
Druck und Bindung: GGP Media GmbH,
Karl-Marx-Straße 24, 07381 Pößneck
Printed in Germany 2025
RECLAM ist eine eingetragene Marke
der Philipp Reclam jun. GmbH & Co. KG, Stuttgart
ISBN 978-3-15-020776-5
reclam.de

MIX
Papier | Fördert gute Waldnutzung
FSC® C014496